dear+ novel
riverside babies

リバーサイドベイビーズ

砂原糖子

JN267585

新書館ディアプラス文庫

リバーサイドベイビーズ

contents

illustration:雨隠ギド

リバーサイド
ベイビーズ

Riverside Babies

「今日こそ決着つけようじゃねぇか、テメエら！」

十月の終わり。枯れ草も目立ち始めた秋の河川敷《かせんじき》には、古式ゆかしき学ランに安っぽく色を抜いた髪、ドスを効かせた野郎の声が響いていた。

今も昔もわかりやすく『ヤンキー』と呼ばれる人種だ。一人ではない。総勢十五名ほどで、ぐるっと雑に大きな円を描いて囲んだ中央には、一名の灰色のブレザーの制服姿の高校生が立っている。

「威勢がいいねぇ、決着ならとっくについてると思うけど？」

片割れの背の低いほう、三丈暁良《みたけあきら》はウォーミングアップでもするかのように、その場で二、三度軽く飛び跳ねながら応《こた》えた。

艶《つや》のある栗色のさらりとした髪が浮き上がって揺れ、シャープな小顔の肉の薄い頬を叩く。そろそろ風も冷たい季節にもかかわらず、白シャツはブレザーの上着ごと腕まくりだ。だいたいいつもそうしているが、べつにファッションじゃない。いつなんどき、こういう面倒臭い状況に陥《おちい》らないとも限らないからだった。

つまり、他校の昭和の香りのするヤンキーグループにケンカを売られたり、街を闊歩《かっぽ》するチンピラに絡《から》まれたりだ。

理由は様々、単に存在自体が気に入らないというシンプルな難癖《なんくせ》から、河川敷の縄張り争いまで。縄張りもなにも、川は上流から下流までみな公有だが、地図にどんな線が引かれようと動物が自由に縄張りを主張するように、人も各々《おのおの》の価値観のカテゴリーの中でテリトリーを作る。

「はぁ、もう二十回目くらいじゃね？　おまえらどんだけ決着つけたら気がすむんだよ。なぁ、多真上《たまじょう》？」

三丈は溜め息交じりに言って、チラリと隣の背の高い男を仰《あお》ぐ。三丈だって低いわけではないが、多真上の身長は百八十センチ台後半で、筋肉質な体つきにキリリと野性味溢《あふ》れる顔をした見るからに屈強《くっきょう》そうな男だ。

齢《よわい》十七にして、強面《こわもて》なんて言葉が似合うのは褒《ほ》め言葉か否か。にこりともゆらりともせずに突っ立ち、本日の戦争相手を見据《みす》えている。首から下がった臙脂《えんじ》のネクタイの先を邪魔臭げにシャツの胸ポケットに押し込んでいるのは、多真上が臨戦態勢の証《あか》しだ。

「この、クソ野良猫どもがっ！」

テンパリ気味のリーダー格の男は声を荒げ、三丈の柳眉《りゅうび》はピクリと跳ねた。

三丈暁良と多真上廉《れん》。ミケとタマ。この辺りでは、ありがたくもないことにその呼び名で通っている。

面倒だが一応突っ込んでやることにした。

「ぷっ、猫だって。随分でけぇ猫だなおい、タマちゃん。キャットフード食いすぎじゃねぇのか？　カロリーコントロールくれぇしとけよ」

主に多真上に向けてのからかいだ。

「おまえと違って俺は縦《たて》に伸びてるだけだ」

黙殺《もくさつ》するかに思えた多真上はぼそりと返し、三丈は眉を吊り上げる。

「はぁ？　俺だってべつに太っちゃいねぇよ」

「むしろガリガリだしな」

「ガリでもねぇ！　俺はほどよくナイスなスリムボディなだけで……」

「テメエら、いいかげんにしろや！　グダグダとつまらねぇことをっ！」

揃いも揃って緊張感のない会話。神経をガシガシと逆撫《さかな》でられたらしい男は輪の中へ飛び出し、ついに均衡《きんこう》は崩れた。

「なんだよ、ネタ振ったのそっちだろうが」

有無《うむ》を言わさず繰り出された拳《こぶし》を、三丈はひょいと後ずさって避けながら応える。右フック、左フック。他校の成績事情まで知らないが、見た目どおりの残念な脳に違いない連中は、会話より拳のほうを弾《はず》ませよく動かす。

「おまえらっ、なにもたもたしてんだっ！　潰《つぶ》せっ、さっさと潰せっ！」

ヒョイヒョイとあっさり躱《かわ》されるパンチに男は焦《あせ》った声をあげ、一気に乱闘状態。

「ミケぇっっ‼　テメエ、今日こそぶっ殺すっっ‼」

「はいはい、それも百万回くらい聞いたわ」

「おめぇら潰せば、『ささパラ』もおしまいだからなっ！」

「潰してどーすんの。河川敷牛耳《ぎゅうじ》って、ご自慢の原《げん》チャリでブイブイ言わせるってか？　ダサっ！　今世紀最大のダサさだなぁっ、おい」

「うっせぇ、殺すっ！　ぜってぇ、コロスっ‼」

「ははっ、そんな無駄な労力使う暇あったら、バイトでもしたらどーだ？　おまえ、前歯一本欠けてっぞ？　治す金ねーのか」

「テメエがやったんだろうがぁっっ‼」

火に油を注《そそ》ぐというより、自《みずか》ら言葉で着火して回っている状態だったが、男の憎しみの籠《こも》ったパンチを三丈は巧《たく》みに避ける。

多勢《たぜい》に無勢《ぶぜい》だ。攻撃は四方から来るも、拳を飛ばす腕を捻《ひね》り、蹴《け》りを華麗に躱してばっさばっさ。まるで映画の立ち回りのごとく、傍《はた》から見れば周りが雑魚《ざこ》でも演じているかのように呆気《あっけ》なくやられていく。

「手応えなさすぎんだよっ！」

突き出した腕に走った重い振動。薄い笑いを浮かべたまま、巨漢男のゴム風船みたいな腹部に左の拳を沈ませた三丈は、ふっとその向こうの男に目線を送った。ブレザーの制服を引《ひ》き毟《むし》らんばかりに摑《つか》みかかる野郎どもを、多真上が二人纏《まと》めて小気味よく投げ飛ばしたところだった。

これはケンカだ。ルールなき戦争だ。なにもお上品に素手で襲ってくる者ばかりではない。隙《すき》を狙《ねら》って振りかざされたナイフ。多真上は鋭い切っ先をものともせず、男の顔面に重い頭突《ずつ》きを一発食らわした。ゴッと骨までいったかのような嫌な音が響き、三丈は驚いて外しかけた視線を戻した。

片割れは相変わらずの無表情だ。

——この石頭が。

呆れた感想を抱いた瞬間、ひゅっと短く空気のぶった切られる音を聞いた。

「……って、おわっ！」

銀色の光が三丈の顔面を掠《かす》め、振り下ろされた鉄パイプはガツリと河原の石だらけの地面を打つ。野生動物ばりの反射神経でかろうじて避けたが、危うくクリティカルヒットを食らうところだった。

「おまっ、それ当たったら痛《いて》ぇんだぞ！　死んだらどうすんだ、死んだらっ！」

ヒヤリとしつつも、言葉だけは惚《とぼ》けた調子で言う。気を逸《そ》らした当人である多真上が、目ざとく野次でしかない雑言《ぞうごん》を飛ばしてきた。

「三丈っ、やられてんじゃねぇぞ！」

「やられてねぇっ！」

「今、やられただろうが、ボケっとしやがって」

「へ？」

寄ってきた男に指差された左手を見れば、凶器が掠めでもしたのか甲に擦《す》り傷《きず》ができている。

「けっ、こんなんやられたうちに入るか。だいたい、おまえの石頭に気を取られたせいだっつーの」

「……は？　自分の油断を人のせいにすんな」

「ごっつい頭突きなんかやるから、そっちに目ぇ奪われたんだよ。おまえムダにデケエから目につくっていうか、視界でちょろちょろされっと……」

先ほどと同じ空気の異変を感じた。

『いいかげんにしろや！』、そんな声こそ聞こえなかったものの、惚けた二人に苛立《いらだ》ちと焦《あせ》りを募《つの》らせた輩《やから》は殺気を迸《ほとばし》らせる。

背後で振りかざされた凶器。

「げっ！」

思わず声を上げた。三丈は目の前にあるものを咄嗟《とっさ》に引っ摑み、ぶんと振り回すような勢いで盾《たて》へと変える。重たいそれを火事場のクソ力で動かすと同時に、ひらりと回り込む動きで陰へと身を隠した。

一秒にも満たない間。電光石火で行動してから、『あ』となる。木刀だかバットだかの凶器から三丈が上手いこと逃げ込んだ先は人の陰——

盾にしたのは、多真上だった。

沙沙涅川《さ さ ね》。街の中央を西から東へ流れる大きな川の岸辺に三丈は住んでいる。

川幅のある下流は河川敷も広く、一部は整備されて市民の癒《いや》しの公園やテニスコートにもなっているが、土手沿いに続く歩道以外の大半は手つかずに近い。川にはいくつもの橋がかかっており、最も大きな橋である沙沙涅大橋の下には多くの人が出入りし、ひしめく小さなダンボールや廃材の家で暮らしていた。

橋の下の入り口には、『ささねパラダイス』と誰が作ったかベニヤ板の安っぽい……どころかゴミっぽい看板も掲《かか》げられている。ベニヤにピンク色のペンキで、いかがわしいことこの上ない。まさか昔はピンクな商売がなされていたわけではないだろうが、とにかくここはいつからかそう呼ばれていた。

通称『ささパラ』。ホームレスの人々のコミュニティだ。

家がないと言っても内情は様々で、リンゴマークのタブレット片手にどうみても衣食住に困っているようには見えない者から、紙袋一つ、身一つで転がり込んだ正真正銘のホームレスまで。

とにかく、人の数が多くなればそれだけいざこざも起こる。セレブマンションには劣《おと》るも、

役所のお目こぼしで自由な居住空間となっている巨大な橋の下は、雨風も凌《しの》げて住めば都。入りたがる者も多く、溜まり場にしようとするヤンキーから、金をせしめようとするチンピラ、カツアゲから暴行まで問題が絶えない。

それら暴力沙汰《ざた》から、荒野の用心棒ならぬ河川敷の用心棒としてささパラを守っているのが三丈だ。安易に警察を呼べば、お目こぼしの自由は失われかねない。学生だろうが、ここでは法より腕っぷしの強い奴が頼りになる。

三丈が住み着いたのは成り行きだった。なんとなく家を出て辿《たど》り着《つ》き、なんとなくいざこざに巻き込まれてケンカに勝ったら、なんとなく一目《いちもく》置かれて用心棒に収まった。

中学二年の秋頃からだから、彼是《かれこれ》三年余り。まともな世界で暮らす大人は、アレコレ言いたいこともあるだろうが、常識や良識をいくら語られたところで腹は膨《ふく》らまない。手持ちの選択肢の中から、三丈が選び取れたのも、取りたいと思ったのもこの暮らし。

人間、なにが身を助けるか判らない。三丈の場合、それは腕っぷしの強さだ。おかげで橋の入り口近くの三畳《じょう》ほども広さのある小屋まで譲《ゆず》り受《う》け、ホームレスとしては悠々自適《ゆうゆうじてき》に暮らしている。木造のほったて小屋で窓は換気の小窓くらいしかないが、一歩表に出れば眺めのいいリバーサイドとまずまずの立地である。

家の天井は真っ直《まっす》ぐに立てないほど低いので、明るいうちは開放感を求めて表で過ごすことが多い。

学校から戻るなり河原で一戦交《まじ》える羽目《はめ》になった三丈は、小屋の前に一脚《きゃく》だけあるがたついたウッドフレームのディレクターズチェアに腰をかけ、眉を顰《ひそ》めてぼやいた。

「いってぇ、時間経《た》つとヒリヒリしてきた。くっそ、やっぱ鉄パイプ掠ってたんだろうな～」

最中はさほど気に留めなかった手の甲の擦り傷を見る。

「んなもん、舐《な》めときゃ治るだろ」

ぞんざいとしか言いようのない口調で、突き放すように返したのは、小屋の前に積んだブロックにどっかりと座った多真上だ。

「おまっ、人の体かと思ってテキトーな……」

見れば、三丈以上に男は眉根をぐっと寄せていた。元々人相がいいとは言い難《がた》い強面が、あからさまに不機嫌オーラ。俯《うつむ》き加減に大きな手で厭味《いやみ》ったらしく額《ひたい》を押さえている。

赤くも青くもないが、腫《は》れて膨れたデコだ。

「信じらんねぇ、人を盾にするなんざ」

そう、三丈に多真上の雑な返事を咎《とが》める権利はなかった。ケンカはどうにか勝利に終わり、散らされたヤンキーどもは『覚えとけよ！　次こそ決着つける！』なんて、お決まりかつ懲《こ》りない捨て台詞《ゼリフ》を吐いて去って行ったものの、『コングラチュレーション！』とゲームのようにすっきりとはいかなかった。

残ったのは、三丈が盾にしたせいで木刀で額を打たれた多真上の恨《うら》み。

「い、石頭でよかったじゃねぇか」

つい零《こぼ》してしまった軽口に、額を押さえる手の下からはギロリと鋭い睨《にら》みが返ってくる。

「と、咄嗟にだよ、とっさ！　悪気はねぇ」

「咄嗟の行動ほど本質が出るって、井上《いのうえ》のジイサンが言ってたぞ」

「へー、じーちゃんモーロクしたかねぇ。そういやこないだ、頭に眼鏡かけて『眼鏡がなくなった、メガネメガネ』って、昭和のコントみたいなことやってたわ。そっと顔にかけ直してやったけど」

ささパラに住む老人の話にさり気《げ》なくすり替えようとするも、じとっとした恨みの眼差《まなざ》しは続く。ディレクターズチェアの三丈は、降参とばかりに両手をわざとらしくホールドアップして言った。

「わーったわーった。俺も男だ、責任は取る。俺を一発殴れ」

「はあ？」

「右でも左でも、遠慮なくぶちかませ」

「殴る理由がねぇ」

「だから理由はあんだろ、おまえをうっかり盾にしたっていう」

『その詫《わ》びだよ』と付け加えると、理解はしたようだが、今度は『うーん』と唸《うな》り始めて一時沈黙した。

「……いや、べつに殴ってもなんも面白くねぇし」

「そうかぁ？　ささパラのミケを思いきり殴れる機会なんてそうそうねぇぞ、お買い得だって。まぁ、俺も無理にとは言わねぇよ？　そうだな、今殴りたくないならツケときゃいいじゃん。よし、これで貸し借りナシな～」

色白の顔に赤みの目立つ唇をふわりと歪《ゆが》ませ、三丈は微笑《ほほえ》みに変える。プラマイゼロと言っても、結局多真上は殴ってもいないし、現状なにも得をしてはいない。

「なんか、話おかしくねぇか？」

「どっこも。よかったな、丸く収まって。仲良くしようぜ、キョーダイ」

今度はぱっと花でも開かせるように笑顔を輝かせて見せた。三丈は中性的で整った顔の使いどころを、それなりに本能で心得ている。

多真上はまだ納得いかないらしく、『うーん』と何度か唸って首を捻っていたが、しばらくすると考えるのが面倒になったようで、『腹減った』とか言い出した。こういうところは単純というか、子供……幼児ばかりのシンプル思考で大変助かる。

——俺も大概《たいがい》バカだけど、こいつも相当なおバカだからなぁ。

地を這《は》う成績は同じくらいだが、三丈は多真上が自分よりバカなのではないかと常々思っている。というより、常人とは少々思考がズレた男なのだ。

そうでもなければ、ささパラの住人でもないのにケンカに付き合ったりしないだろう。

多真上は高校のクラスメイトで、中学からの腐《くさ》れ縁《えん》だ。普通に家族と普通よりちょっとデカい家に住んでいるが、こうして河川敷で揉《も》め事《ごと》があれば積極的に加勢し、ささパラではすっかり用心棒の相方扱《あつか》いだ。

改まってその理由を聞いたことはないが、ケンカをスポーツの一種ぐらいに考えているのだろう。暇さえあれば体を鍛《きた》え、暑苦しくトレーニングを積んでいる体力バカだ。部活でもやればいいのに、本物のスポーツはルールを覚えるのが面倒だから嫌らしい。

「そうだ三丈、これから暇か？」

デコの恨みはもう忘れたのか、どう見ても暇そうにしている三丈に向かって言う。

「まぁ、巨乳の女子大生とデートとか、人妻としっぽり不倫デートとかの予定は入ってないねぇ」

「ふうん、じゃあバイトの面接に行かねぇか。おまえ、ワリのいいバイト探してたろ？　ちょうどいいモンもらった」

金には年がら年中困っているから、いいバイトは常時探している。定期のバイトと言えば、ここからも煙突の見える近所の銭湯『ささね湯』の手伝いだが、いつでもタダで風呂に入れて、併設《へいせつ》のコインランドリーも使えるのがバイト代のようなものだ。

主人である老婦人からは駄賃《だちん》程度しかもらっておらず、後は今は単発のバイトで凌いでいる状況である。

「バイトはしたいけど、銭湯もあっから、あんまハードなやつはできないぞ？」

「わかってるよ。だから、コレ」

立ち上がった多真上は、小屋の傍《かたわ》らに置いた紙袋を取り、ずいっと差し出してきた。さっき、ケンカの後にふらっと橋の下の奥の家に向かい、受け取ってきたものだ。

食料でも入っているのかと思えば、違っていた。

衣類だ。引っ張り出した服はやけにヒラヒラしており、色使いもピンクやレモンイエローとカラフルで一目で女物とわかる。

「この服どうしたんだよ？」

「マツさんから、もらってくれって言われてたんだ。いつも世話になってる礼だって。どっかでたくさん手に入れたとかで、女もんだけど防寒用にでもしてくれってさ」

三丈は用心棒代を求めたことはないが、ささパラの住人たちは礼と称した貢物をなにかと渡したがる。大抵は食料や生活用品の類《たぐい》で、まぁ遠慮してもしょうがないだろうとありがたく受け取っているのだけれど。

「いや……これは防寒になんねぇんじゃ？　なんか透《す》けてっし」

「チュールとか言うんだろ。うちの姉貴も持ってる」

ファッションなんて興味のない多真上から、姉経由とはいえそんな単語が飛び出したのに驚いた。

「多真上、ちゃんと家に帰ってんの？」

「まぁ、一応な」

「おまえんとこ、いろいろ複雑だからなぁ」

「……おまえほどじゃねぇだろ」

「そうかぁ？　うちはシンプルだろ」

三丈は応えてへらりと笑った。この場合のうちとはココではなく、家族のいる家のことだ。勝手に飛び出しており、実家と呼ぶのもちょっとニュアンスが違う。

いずれにしろ湿っぽい話にしたいわけではないので、『へらり』を維持《いじ》したまま、両手で掲げた服をひらひらと揺らした。なんの防寒にしろというのか、長い髪のウィッグまで入っている。

「で、これとバイトがどう関係してんだよ？」

多真上は今度は無言で制服の上着のポケットから畳《たた》んだ紙を渡した。広げてみれば、アルバイト募集のチラシだ。安っぽいがカラー印刷で、ドレス姿の女の子が巨乳の谷間を強調しつつにっこり笑っている。

「クラブ『ラズベリー』、フロアレディ募集？」

『高収入！　時給三千円～、日払いＯＫ、未経験者歓迎！』

なにやら美味《おい》しい言葉がずらりと並んでいるが――

「おまえ、これってキャバ嬢《じょう》の募集だろ？」

「日雇《ひやと》いのガテンでもあり得ねぇ時給だぞ。いいと思わねぇか？　こいつ着て、面接に行きゃあいい」

キラキラ輝くような可愛らしい目は持ち合わせない男だが、鼻息も荒く興奮しているのはわかる。

「あのなぁタマちゃん、残念だけど俺女じゃないし、胸もねぇのよ」

「んなもん、寄せて上げときゃいいだろ」

「寄せて上げるほど肉ねぇんだって、ほれ」

即答に身を屈《かが》ませた男は、『どれ』と手を伸ばしてくる。大きな手を三丈の真っ平らな制服の胸にペタペタと無遠慮に押しつけ、多真上は切れ長の目を瞠《みは》らせた。

「こりゃ……しょうがねぇな、太れ」

「アホか、そんなにすぐ太れっかよ」

「じゃあ、なんか詰めるか？」

突っ込みどころ満載の会話だったが、幸か不幸か誰も聞いちゃいない。まだ日暮れにも少し時間があり、橋の下の住人たちの多くは出かけているようだ。風も冷たく、好き好んで表でぐだぐだやっているのは若い二人ぐらいのものである。

「つか、問題はそこじゃねぇだろ。根本的に話がおかしいと思わねぇか？」

むっとした顔の三丈は、鋭く指摘した。

「なんで俺だけ女のカッコでバイトの面接受けなきゃなんねぇんだよ。言い出しっぺってやつのおまえもやんのが筋だろ〜?」

下《くだ》したばかりの自己評価は間違ってはいない。多真上もめくるめくズレた頭をしているが、三丈も負けず劣らずだ。

河川敷の用心棒は揃いも揃っておバカだった。


「ふざけてんのか、テメエらはっ‼」

クラブ『ラズベリー』の裏の小さな事務所には、マネージャーの男の至極《しごく》当然の罵声《ばせい》が飛んだ。

面接に訪《おとず》れてまだ三分と経っていない。ほぼ出会い頭《がしら》の一幕である。

善は急げとばかりに偽の履歴書を用意し、二人して女物の服に着替えてウィッグを装着。百円ショップで買ったチープな口紅を塗りたくって面接に挑《いど》んだのだが、ミケ子とタマ美の設定の趣味のお裁縫《さいほう》や料理の話を披露《ひろう》するまでもなく撃沈だ。

むしろ何故《なぜ》イケると思ってしまったのか。きらびやかな表の店に反し、地味な事務所の黒ソファに並び座らされた二人は、怒りの罵声を存分に浴びることとなった。

『なんでバレたんだ』という顔を隣で多真上はしているが、百八十八センチのデカ男のおかっぱウィッグ姿は、スカートを抜きにしてもヤバイ。口紅一つとっても大爆笑もので、辿り着くまでの間に通行人に指を差されなかったのが奇跡なくらいだ。

多真上が鈍《にぶ》いだけで、ブスブスと突き刺さる好奇の視線なら三丈は察していた。

「こっちは仕事なんだよ、おふざけに構ってる暇はねぇんだ！　男はダメだってイチイチ募集に書かなきゃわかんねぇってのかっ？　ゆとりかテメエら？　ゆとりだろ⁉」

『はぁ、すみません』とさすがに殊勝《しゅしょう》な顔をしてうなだれる羽目になる。

「バイトがしたかっただけで、けしてふざけたわけでは……」

三丈が口を開くと、マネージャーは大きな溜め息をついた。

心なしか声色が優しくなる。

「で、なんだ、彼女が心配でカレシはそんな格好《かっこう》してついてきやがったのか？」

『帰れ帰れ、テメエらまとめてとっとと帰りやがれ』そんな続く言葉を想像していた三丈は、『えっ⁉』となる。事務所にいるのは三人だけだ。『彼女』なんて呼ばれるのは、多真上を差し引いたら一人しかいない。

驚きは多真上も同じだったらしく、おかっぱのパッツンな前髪の下で双眸《そうぼう》を見開かせ、金髪ロングヘアの女装の三丈をまじまじと見る。

「まぁ、心配するな。うちは未経験でも安心して働けるよう、待遇だってしっかりしてる。同伴やアフターも女のコ次第で強制はないし……」

呆然となる二人に、マネージャーは気を取り直したように店のシステムについて話し始めた。

「なんでおまえだけバレねぇんだよ」

右側を歩く多真上の声は普段どおりの低さだが、どこか拗《す》ねているようにも聞こえた。

店を出るなり女装を解除して元の制服姿へと戻った男は、不満を態度でも表わすかのように

その長い足をフルに活用しスピードを上げて歩く。

日はとっぷり暮れても、まだ七時過ぎだ。駅前商店街は帰宅途中の会社員やら学生で、人通りは絶えない。

闊歩する二人は周囲の視線を否応《いやおう》なしに集めた。ガタイのいい多真上の、半端なく威圧感のあるオーラや、この辺りでは知る人ぞ知る高校生であるからだけではない。

隣の金髪美女に多数の視線は集まっていた。行きの好奇の視線とはまるで違う種類の注目だ。

キラキラの髪は人目を攫《さら》うきっかけに過ぎない。目を奪うは、ハーフかと見紛《みまご》う白い肌に端正な顔立ち。長い睫毛《まつげ》の涼やかな眸《ひとみ》は視線を動かすだけで妙な色香を纏い、ルージュがなくともほんのり赤く色づいた三丈の唇は最早《もはや》男のものとは思えない。

なんでもへったくれもない。圧倒的な見てくれの差である。精悍《せいかん》な顔つきの多真上は男としてはイケメンに入るが、女装となれば中性的な美形の三丈とは歴然《れきぜん》とした違いが出る。ここま

でくると、同じ男でも種類が違うとしか言いようがない。

「なんでだろうなぁ、身長差じゃねぇの？」

けれど、当の三丈はとぼけた反応を返した。

直接家に帰る予定の多真上と違い、着替えは持って出ていない。スースーと風通しのいいレモンイエローのワンピースの足元を気にしつつ、隣の険《けわ》しい横顔を仰ぐ。

「身長差か……十五センチくれぇあるからな」

「そうそう。十三センチだけどね」

男にとって背丈はデリケートな問題だ。『そこはきっちりしといてよ』とばかりに訂正を加える三丈を、やや機嫌を直した多真上は見つめ返した。

互いの顔を確認し合う二人に、成り行きと会話を知っている者がいたら『違いわかんだろ、フツー！』と全力で突っ込むところだろう。が、今は二人だけの世界なのでツッコミ不在だ。

付き合いも長くなった弊害《へいがい》としか言えない。学校ではクラスメイト、河川敷では用心棒の相方と、一緒にいる時間が多すぎて互いの顔の造作など意識していない。

元より人の顔なんて大して気にかけない多真上は、出会ったときからこの調子だけれど。

「まぁ、そう拗ねるなよタマちゃん。おまえのおかげでわりのいいバイトが決まって感謝してるって」

「そうか？」

「うんうん、ありがとうな」

女装のカレシが同伴でついて来た以外は、キャバ嬢の面接は至って順調で、早速仕事には明日から入ることになった。

——時給三千円かぁ。

一気に懐具合《ふところぐあい》を改善できそうである。まだ働いてもいないがほくそ笑む三丈の隣で、心でも読み取ったかのように多真上は言う。

「腹減ったな。ファールボール軒、寄ってくか。おまえの奢《おご》りな」

商店街を抜けた先にある、怪しい店構えのラーメン屋だ。大将は野球ファンで、芸能人のサイン色紙とファールボールが所狭しと飾ってある。色紙はあれど、芸能人なんて一度も見かけたことはなく、ホームランボールじゃなくファールボールとはマニアックこの上ない。

そもそも『ファールボールって持ち帰れるのか？』とか、店に入る度《たび》に疑問を覚えるも、今はそれより引っかかることがある。

「タマジョーさんよ、まだバイトもしてねぇのに俺に集《たか》る気か。つか、ホームレスに集るってどうよ？」

「家はあるだろうが」

虚を突かれ、金髪を揺らして歩く三丈は自前の長い睫毛の眸《ひとみ》をパチパチさせた。

——あれを本気で家と呼んで、普通につるんでくる奴なんておまえぐらいだよ。

呆れとも感動ともつかない思いが、胸に芽生《めば》える。多真上といると、その常識に捕らわれない思考にむずむずするというか、時折胸に妙な葉っぱがぴらんと生えてくるのを感じる。今も痒《かゆ》いのは、揺れる金髪が頬を擽《くすぐ》るからだけじゃないだろう。

「どうした、三丈？」

ちらちらと隣を見つつ歩けば気づかれた。

「あー、おまえ、デコはもういいのか？」

「デコ？　落ち着いたみたいだな」

「みたいだなって、まだ数時間しか経ってねぇぞ。たんこぶ引いたのか？　すげぇ、驚異の回復力だな、人間業《わざ》じゃねぇ」

「おまえに言われたかない」

「こっちは擦り傷治ってねぇよ。あー、ヒリヒリする」

思い出すとまた痛んできた気がして、三丈は口元に手を引き寄せ、薄い舌先をひらめかせて甲《こう》の傷をぺろりと舐める。多真上がそんな仕草に無遠慮な視線をじっと向けてきた。よそ見して歩くものだから、前からきた自転車の少年とぶつかりそうになって、『おっ』とか狼狽《うろた》えている。

「なんだぁ、なに焦ってんだよ？」

「べつに。そうしてるとおまえ、本当に野良猫みてぇだなと思って」

「けっ、言ってろ。んなこと言って、俺の美貌《びぼう》に当てられちゃったんじゃねぇの？　一発やりたいとか思ってないだろうな、おい？」

わざとらしい仕草で長い髪を掻《か》き上《あ》げ、下世話な言葉を吐く。

多真上は聞こえよがしの溜め息で応えた。

「欲求不満はそういうおまえだろ」

「まぁ、そりゃあね。年がら年中不満だよ。やりてぇに決まってんでしょ、十七歳だものー」

『チンコは擦りたいです』などと、美女を装《よそお》っているのも忘れて身も蓋《ふた》もない。

三丈はもてないこともないが、女と付き合うには金がかかる。一人暮らしの年上女でも見つけ、衣食住まで世話になるという手もあったが、なけなしのプライドが否と押し留《とど》めた。ボロをまとえど心は錦《にしき》ってやつだ。好きな相手くらい、食わしてもらうのではなく食わせたい。

そんなわけで、しばらくご無沙汰《ぶさた》だ。

「寝てもヤりたい、醒《さ》めてもヤりたい。あー、どっかにタダでやらせてくれる穴落ちてねぇかなぁ」

「穴だけでいいのかよ？」

「まぁね、おっぱいまで求めちゃ贅沢《ぜいたく》かと思って。こう見えて謙虚《けんきょ》で慎《つつ》ましやかな俺様なんで」

多真上は『ふうん』と共感しているのか聞き流しているだけなのか判らない反応を寄越《よこ》したが、数メートルほど歩んだところでポツリと言った。

「やらせてやろうか?」

意味がわからず、妙な間ののち三丈は声を裏返らせた。

「はあっ⁉」

「穴がほしいんだろ? べつに減るもんじゃなし、尻ぐらい貸してやってもいいぞ」

「いやいやいや、そこは減らなくても慎重になれよ。大事にしとけ?」

——つか、いらねぇし!

晴れ時々おバカ。バカは言っても冗談を言う男ではないので、おそらく本気なのだろう。天然とはかくもズレた発想に及ぶものか。

しかしながら、これも多真上なりの優しさ、友情の表現とやらなのだと思えば可愛げはなくもない。有難《ありがた》迷惑だけれど。「気持ちだけもらっとくわ」と応える三丈は、苦笑いしつつもなんだか楽しくなってきた。

「うし、穴の代わりにメシでも食いに行くか。ラーメン奢ってやる!」

「お、ホントか?」

「ホントホント、バイトの前祝いだ。チャーシューもつけてやっから」

普段あまり表情を変えない男が食い物に懐柔《かいじゅう》され、嬉しげに顔の筋肉を緩《ゆる》ませているのを見ると、こっちまで気分が上向いてくる。

『好きな相手くらい、食わしてもらうのではなく食わせたい』

つい今しがた思ったばかりの矜持《きょうじ》を、三丈は多真上相手に実行してしまっていることにも気づかず、弾む足取りで商店街を歩いた。


「新人のアキちゃん、本当に別嬪《べっぴん》さんだね。金髪もよく似合ってるし、ハーフ？」

赤い革張りのソファに並び座った中年男は、ロングヘアをキラキラと輝かせる三丈《みたけ》の女装姿を値踏みするように見つめる。履歴書に書いた偽の本名から源氏名《げんじな》はアキになった。

オフホワイトのシンプルな借りもののドレスは、白い肌によく映《は》える。詰め物で膨《ふく》らませた胸が覗かぬよう、姿勢よく座った三丈は微笑《ほほえ》みを湛《たた》えて応《こた》える。

「はい、埼玉県民と神奈川県民のハーフですぅ♡」

「ははっ、なにそれ。君、お人形さんみたいな顔して面白いねぇ」

大してまったくこれっぽっちも面白くはないと思うが、鼻の下を伸ばした親子ほども年の違う男からすれば、若い美女が乗りよく語尾にハートマークつきで応えてくれるだけで、とりあえずオッケーらしい。

——なんだ、このバイト。

座ってにっこり笑って、お酒を注《つ》ぎつつ自慢話と愚痴《ぐち》に相槌《あいづち》を打って。綺麗可愛《かわい》いと褒《ほ》めそやされてスマイルスマイル。今までの三丈の肉体労働中心のバイトと比べたら恐ろしく楽だ。

中にはさり気《げ》なく髪に触れたり、膝《ひざ》に手を載せてくるエロオヤジもいるものの、それも時給三千円と思えば気にも留まらない。お札は諭吉《ゆきち》さまでなくとも、英世《ひでよ》くんを脳裏《のうり》にチラつかせるだけで大抵《たいてい》のことは許してしまえる三丈だ。案外安い男である。

客はサラリーマンが多かった。スーツを着ていればみなサラリーマンの中年男に見える三丈であるから、どこまで当たっているかわからないが、日頃の仕事の憂《う》さを若い女の子と話すことで晴らしているといった具合か。

中には、なにをしに来ているのかわからない客もいた。

「水割りのお代わりはいかがですかぁ？」

三丈こと新人アキは、小首を傾《かし》げて金髪をあざとく揺らし、左隣りの『サラリーマン』に声をかける。俯《うつむ》いて座る眼鏡の男は、少しアキが顔を覗き込むような仕草をしただけで飛び上がらんばかりの反応を寄越《よこ》した。

「あっ、いえっ、僕はっ、もう、けっ、結構なんで」

『もう』と言うほど飲んでもいない。どうやら上司の付き合いで来ている男は、初心者オーラを振《ふ》り撒《ま》き、場違いそうに身を小さくしている。

「でも、グラスほとんど入ってないですし〜、新しいの薄めに作りますね？」

有無《うむ》を言わせずニコッと笑んで、サービスの押し売りをしてみれば、『どうもっ、どうもすみませんっ、ありがとうございます』と口ごもりまくり。どっちが客だかわからない。

給料分の仕事ぐらいはしようと思いつつも、なんとも締まらない客に、締まらない夜――なるようになる。と挑《いど》んだバイト初日は、こんな感じでつつがなく終わった。

『顔に似合わない低音ボイスがドキッとするねぇ』なんて、三丈のほうがべつの意味でドキリとなる耳打ちをする客もいたが、バレる気配もなく終了。日払いで給料をもらい、浮かれつつ店を後にした。

「ひい、ふう、みい」

ささパラの住民の老人風に封筒から引き出した札を数えつつ、夜道をのん気に歩く。

「……一万と三千五百円。うわ、やっべー」

これから帰って、『ささね湯』で風呂に入りつつ掃除の手伝いをする予定だ。今夜は奮発《ふんぱつ》して風呂上がりにフルーツ牛乳も飲んじゃおうかななんて、鼻歌交じりに考える。

深夜十二時前。微《かす》かな鼻歌も大きく響きそうなほど、シンと静まり返る裏路地で、三丈はふと人の気配を感じてそちらを向いた。

「あ?」

傍《かたわ》らの小さなコインパーキングの奥で人の声がする。

「……いいから、さっさと金寄越せって言ってんだろうが」

不穏《ふおん》な物言いにヒョイと覗いてみれば、スーツ姿のひょろい男がワンボックスカーの陰で三人の若い男に囲まれていた。見るからに柄の悪そうな連中だ。見た目以前に、やっていることがすでに犯罪だが。

どうやらカツアゲ現場に遭遇したらしい。

「おまえらなにやって……」

声にびくりと振り返った男たちの反応が、いつもと違っていた。

「なんだ、女か」

言われて女の格好《かっこう》をしていたのを思い出す。膝丈《ひざたけ》のワンピースにデニムジャケット。足元はパンプスだ。

そして、艶《つや》っぽく金色に揺れる髪。

「へぇ……」

じろじろと不躾《ぶしつけ》な視線を走らせた三人は、互いに顔を見合わせた。あうんの呼吸でよからぬ算段は決まったようだ。

「おめえ、こっち来い」

素早く歩み寄ってきた背の高い茶髪の男が、三丈の右腕を引《ひ》っ掴《つか》む。デカい手だ。手首に幾《いく》重《え》にも巻かれたシルバーアクセサリーがじゃらりと鳴り、ぐいと引かれてパンプスの足元がぐらつく。

「キャーキャー悲鳴上げんじゃねぇぞ」

奥へ連れ込もうと力を込めながら、下卑《げび》た笑いを男は滲《にじ》ませ、三丈はその耳元へふらりと唇を近づけ囁き返した。

「生憎《あいにく》知らないんだわ、悲鳴の上げ方」

「……はあ？」

ドスッと深く一発、男の腹に左の拳《こぶし》をめり込ませた。ルージュの残った赤い唇の端を、すっと冷ややかな笑みに歪《ゆが》ませる。

「なっ、なにやってんだ……おい、ユウヤ？」

ずるりと体を折って地面に転がる仲間に、異変を感じた残りが近づいて来る。

三丈は笑みを唇に載せたまま迎えた。

ろくに手応えもない連中を沈め、追い払うのは造作《ぞうさ》もないことだった。夜道で一見華奢《きゃしゃ》なモデルスタイルの美女に、ボコボコにやられるなどとんだ悪夢。文字どおり這《ほ》う這《ほ》うの体《てい》で男たちは逃げ出し、後には三丈と腰を抜かしたように車にもたれたままのスーツの男が残った。

サラリーマンか。若いが二十代半《なか》ばくらいで、三丈よりはいくらか上だ。

「あんた、大丈夫……」

歩み寄り、男の眼鏡の顔をまじまじと見た三丈は、知った顔であることに気がついた。

「すっ、須田《すだ》です。さっ、先ほどはお世話になりました。みっともないところをお見せしてしまって……というか、助けてくださってありがとうございます」

名刺交換でも始まるのかというような、お堅い挨拶《あいさつ》。店で三丈の顔もろくに見られずに小さくなっていたあの男だった。

　正直焦《あせ》った。

「えっと……あー、なんていうか……」

「女性なのにお強いんですね、びっくりしました。護身術かなにかを？」

「えっ、ああ……そう、護身術！　女も鍛《きた》えてないと、夜道で危ない目にあったりしないとも限らないでしょっ？　だから、ちょっと習ってて……」

　護身術でどうにかなるレベルではないと思うも、ここは誤魔化《ごまか》し通すしかない。

「でも、服は汚れたりしませんでしたか……けっ、ケガがっ！」

　街灯の下で確認する男は、金髪を所在《しょざい》なく弄《いじ》る三丈の手にはっとなったように目を留めた。

「……え？」

「怪我をしてるじゃないですかっ！」

「ああ、これ？　これはべつに今やったわけじゃ……」

　昨日作った手の甲の擦《す》り傷《きず》だ。もう治りかけていたはずが、殴った拍子《ひょうし》にまた擦《こす》ってしまったらしい。うっすらと血が滲んでいる。

　所詮《しょせん》、掠《かす》り傷《きず》だ。三丈はペロリと舐《な》めてすませようとするも、男のほうはまるで腕でも折れたかのような狼狽《うろた》えようで顔面蒼白《そうはく》になる。

「どうしよ……どうしたらっ……あっ、そうだコンビニっ！　そこ曲がったとこにあるんです。

ちょっと行ってきますから、待っててください っ！　すぐっ、すぐ戻ってきますっ！」

『落ち着いてください』とでも言うように、男は両手のジェスチャーでその場に留まるよう示し、三丈は『落ち着くのはテメエだろ』と喉《のど》から出かかった言葉を飲み込む。

口に出したところで問題はなかっただろう。こちらの反応もろくに見ずに一目散《いちもくさん》に駆け出した男は、一瞬で後ろ姿だ。『なんだかなぁ』と呆気《あっけ》に取られつつその場に留まっていると、五分もしないうちに息を切らした男が戻って来た。

「おまっ、お待たせしましたっ！」

なにかと思えば、絆創膏《ばんそうこう》を買いに行ったらしい。促《うなが》されるまま左手を差し出すと、貼る前にミネラルウォーターの水で洗い流された。

「ちょっ、水、水もったいない……」

「消毒液まで売ってなかったんです。だから、これで我慢してください。すみません、本当に……女性に傷をつけるなんて」

「べ、べつにあんた……あなたが作った傷じゃないでしょ。ていうか、これは元から……」

「僕のために怪我をなさったんですから、僕のせいです！」

「はあ……」

そういう理論か。なんだか面倒臭い男だなと思いつつも、特に支障があるわけでもないのでされるがままになった。そっとかよわきものでも掬《すく》うように取られた手。ペットボトルの水を惜《お》しげもなく使って洗った後は新品のタオルで拭《ぬぐ》われ、ようやくメインである絆創膏がペタリと貼られる。

「すみません、本当に。大丈夫ですか？」

二時間近く店にいても自分の目をまともに見ようとしなかった男が、窺《うかが》う眼差《まなざ》しでこちらを見た。

「大丈夫……です」

ぎこちなくも真剣な男の声につられて応える。ろくに話さなかったのは、アキに興味がなかったからでなく、むしろ意識していたからなのだと今は一目でわかった。

「アキさん、今日は本当にありがとうございました」

はにかんだ笑みを浮かべるその顔は、夜の街灯の下でもわかるほど、頬や耳が赤らんで見えた。


「俺さぁ、女になるわ」

後ろ脚二本を軸《じく》にして浮かせた椅子をゆらゆらと揺らしながら、物思いに耽《ふけ》るかのように教室の天井を仰《あお》ぐ三丈は唐突に言った。

三時間目の後の休み時間で、教室はいつもと変わらず騒がしい。三丈の席は窓際の後方だ。

手前の席では、長い足を持て余し気味に通路に出した多真上《たまじょう》が雑誌を読んでいる。隣席の奴から毎週借りているコミック誌だ。

突拍子《とっぴょうし》もない三丈の一言に、怪訝《けげん》な顔をこちらに向けた。

「はぁ？」

「女っていいよな。ちょぉっと擦《す》り剝《む》いただけで、血相《けっそう》変えて絆創膏買いに行ってもらえるんだぜ」

頭の後ろに組んでいた手を解《ほど》き、ガタリと椅子の前脚を着地させた三丈は、ほれほれとばかりに手の甲の絆創膏を見せつける。

多真上は眉根を寄せた。

「……なんだそりゃ」

「昨日の店の客が貼ってくれたんだよ」

今朝登校してきてすぐにバイトが楽勝であったのは知らせたが、帰り道の一件までは話していなかった。三丈が暴力沙汰《ざた》に巻き込まれ……自《みずか》ら絡《から》まれに行くのはなにも珍しいことではない。

しかし、昨夜《ゆうべ》は今までにないことが起こった。

「へぇ……もしかして、その妙な匂いもか？」

「あ、わかる？　帰りに駅まで送ってったら、束《たば》で花を寄越されてなぁ。まだ開いてる花屋があって、助けてくれた礼だってよ。捨てるわけにもいかねぇしな、しょうがないんで小屋に飾ってる」

またヤバイ奴らに目をつけられないとも限らないと、駅まで送ってやった。男は三丈も電車利用なのだと思い込んでいるようだったが、まぁ『近所の橋の下に暮らしています』なんて説明するのもなんなのでそれはいい。

狭い小屋に飾った花の香りが制服に移ったのだろう。まるで動物並みの嗅覚《きゅうかく》の多真上はクンと鼻をひくつかせ、表情はむすりとしたまま据《す》え置《お》きだ。

「……臭《くせ》ぇ」

「なんだよ、甘くていい匂いじゃないか？　今度晩飯も奢《おご》ってくれるってさ。肉オッケーっていうから、楽しみなんですけど〜。すげぇよなぁ、時給三千円だし、ステーキ三百グラム注文しても甘いものは別腹とか言えちゃうし、なんなん女って。こんなに人生ちょろ甘くっていいわけ？」

「……や、女はステーキ三百は食わねぇだろ」

友達の幸運を一緒に喜ぶ懐《ふところ》の広さはないのか。

どうにもテンションの上がらない相方だったが、ゴキゲンの三丈はさして気にすることもなく、再び椅子をゆらゆらと揺らし始める。

「まぁとにかくそういうわけで、来世はぜってぇ女になるわ」

「現世《げんせ》でなるんじゃないのか？」

どこかほっとした調子で多真上は言った。

「はぁ？　現世はなれねぇだろ。おまえな、男は女にはなれないんだぞ？　性別の途中変更はきかないわけ。ちゃんと知ってるか？」

上から目線の呆れ顔で言いつつも、少し自信は揺らいだ。世の中は日進月歩《にっしんげっぽ》。いまどきのニューハーフは随分と見栄《みば》えもいいし、もしや軽く性転換できる飲み薬やらが開発されちゃったんだろうか。自分の知らない知識が多真上の口から出てくるかもとちょっとドキドキしたが、そんなわけはない。

「まぁ……なれねぇだろうな」

「おう」

間抜けに確認し合う。似た者同士だ。

「つか、客に飯を奢ってもらうって、同伴とかいうやつじゃないのか？」

「え、ああ……まぁ、そうかもなぁ」

「なに軽く納得してんだテメエ。あの店、客との付き合いは強制しないって言ってたじゃねぇか。行く必要あんのか？」

「必要って……おまえ肉だぞ、肉！」

義務でなくともこっちからお願いしたい。健康な十代男子は肉を食いたいに決まっている。

興奮気味の三丈に、多真上のほうは変わらず冷ややかな眼差しだ。

「タマちゃん」

「なんだ?」

「おまえ、もしかしてなんか怒ってる?」

「いや、べつに」

ほとんど間も置かずに答えは寄越されるも、疑いは消えなかった。あまり喜怒哀楽を顔に出す男ではないが、どうもさっきから様子がおかしい。しかし特に被害があるわけでもないので、三丈はへらりと笑って絆創膏の手を差し出した。

「……まぁいいや、そんじゃあ勝負行くか」

「あ?」

「やんじゃねぇのか、昼飯賭《か》けて」

学食での昼飯を賭けての腕相撲勝負だ。今朝『あとでやろう』と言って誘ってきたのは多真上だった。

パワー勝負となると体格差で多真上に有利ではあるが、ハンデとして三丈の利《き》き手の左でやるので、隙を突く瞬発力で勝てることも少なくない。

「うし、やるぞ」

しかし、今日に限っては隙《すき》を狙うまでもなかった。ゴング代わりのかけ声を上げてすぐだ。

「あっ……」

——やべぇ、絆創膏剝《は》がれそう。

ぐっと力を込めたせいで浮き上がった端から、ぺろんと剝《む》けて捲《まく》れた。『しまった』と焦ったのはもちろん三丈だったが、何故か机を挟んで向き合う男のほうが集中力を欠いた。

かくんと抜けた力に、三丈の腕が覆《おお》い被《かぶ》さる。ばったりと机にねじ伏せ、呆気なくついた勝負に啞然《あぜん》となった。

「なにやってんの、おまえ」

「いや……」

明らかに絆創膏に気を取られての敗北。しっかりガン見していたくせして、不調の理由がわからないとでも言うように、多真上は手のひらをじっと見つめたりしている。

どういうことだ？

一緒になって首を捻る三丈は、はっとなった。

コイツの弱点、もしや絆創膏とか？　じゃあ、目立つ花柄でも貼ったら連戦連勝するんじゃねぇの？

これでも、わりと真剣な考察のつもりだった。

「恥ずかしながら、アキさんを初めて見たとき胸がきゅうっとなったんです」

水滴の浮いた水割りのグラスを握り締め、須田は俯き加減にテーブルを見つめて言った。

今夜もクラブ『ラズベリー』は賑《にぎ》やかだ。この辺りでは綺麗で接客上手な女の子の多い店として有名らしく、連日常連客が仕事帰りに癒《いや》しを求めてやって来る。半月ほど前には新規の客だった須田も、そうして常連の仲間入りをしようとしていた。

一人でやって来て指名するのは、もちろん新人アキこと三丈である。

「こんなにときめいたのは、学生の頃以来です」

胸に手を当て、それこそ恥ずかしげもなく頬を染めて言う男の純情は、なんとも微笑ましい限りだ。つられて三丈までドレスの自身の胸に左手を押し当ててみた。

そういえば、トキメキとやらを自分は体感したことがあっただろうか。

よく行く牛丼屋で並盛りが無料サービスで特盛りになったり、卵のトッピングがついたときにはときめいた気がするが、あれはキュウンとは違う気がする。

「須田さん、変わってますね。私なんて、普段はガサツな乱暴者だって言われてるのに」

三丈がだいぶ板についた女の振りでふわりと笑んで言うと、男はぱっとこちらを向いた。

「そこがいいんです！」

「えっ？」

「あっ、すみません。アキさんをガサツだって言ってるわけじゃなくて、えっと……い、いいと思います、強い女性」

「……そうでしょうか？」

「た、助けてもらったとき、僕はアキさんへの第一印象は間違ってなかったと思いました。安易に人を頼ろうとするんじゃなく、自分で自分の身を守る。カッコいいじゃないですか！　アキさんは僕の身まで救ったんですよ？　なかなか女性でそこまでできる人はいません」

——まあ、男だからなぁ。つくもんついてっし。

三丈の心のツッコミに応えるかのように、須田は続けた。

「男だって、なかなかいないと思うんですよ。僕なんて、その筆頭《ひっとう》です。実はあれから猛省《もうせい》しまして、少しは強い男になろうと合気道の道場を探してるんです」

「合気道……護身術にいいかもですね」

「アキさんはどこで習ったんですか？」

「えっ、あ……私の道場は、女性しか入れないところなんで」

「そうですか……もう長いんでしょう？　僕なんて、今から習い始めてもアキさんほど強くなるには相当時間がかかると思うんですけど」

「ああ、私は小さい頃からで……でも続けてたらきっと強くなりますよ。少しずつでも……ほらっ、相続は力なりって言うじゃないですか」

ぽろりと飛び出した三丈のおバカに、須田は面映《おもはゆ》そうに笑んだ。

「継続は力なり？」

「そう、それ！」

「ははっ、たしかに、やらなきゃなにも始まらないですもんね」

勇気づけられた男が一つ頷く。三丈は金髪を揺らしてうんうんと頷き返し、そんな自分を見つめる男が急に表情を曇《くも》らせたのに気づいた。

「須田さん、どうかしました？」

「あ、いえ……すみません、そのピアス、やっぱりよくお似合いだなって」

三丈の左耳には、中学のときに空《あ》けたピアス穴が二つある。いつもの安っぽいシルバーピアスの代わりに、今はダイヤのピアスが眩《まぶ》しいほどにキラキラと光っていた。粒は大きくないが、本物はやはりうるさいほどによく輝く。

今夜、プレゼントされたものだ。

須田の会社は貴金属の卸業《おろしぎょう》だという。お気に入りのキャバ嬢《じょう》へのプレゼントなら得意げにしていればいいものを、『社販で安く買えるので』とか『指輪やネックレスは重たいかと思いまして』などと、言い訳がましく言う男は、震える手でリボンのかかった箱を差し出した。

三丈は白い指で探ってピアスに触れる。

「ありがとうございます。こんな素敵なアクセサリーをもらうようなこと、私は全然してないのに」

「いやっ、そんなんじゃ足りないくらいです。僕がどれだけアキさんの勇気に感動したか」

さっきから、そのくせ表情が微妙に暗いのは何故《なぜ》なのか。舞い上がる声のトーンすら、すぐに沈んで行く。

「ただ……」

「ただ?」

「僕がプレゼントなんてしていいんでしょうか? さっきアキさんがいない間に隣に座ってくれた女の子から聞いたんです。アキさんには付き合ってる彼がいるようだって」

「へっ!?」

驚きのあまり素《す》の三丈が飛び出しそうになる。慌ててアキの表情を仮面のように被り直すも、気落ちした須田は俯き、テーブルに視線を落としていた。

「心配性の彼で、お店の面接にまでついてきたって聞きました。そうなんですか?」

お客に夢を売るキャバクラだというのに、何故ヘルプに入った女は『彼氏』の話なんてしやがったのかと思う。さりげない営業妨害《ぼうがい》。入店して半月あまり、三丈も人間関係の煩《わずら》わしさは肌で感じ始めたところだ。

「それはべつに彼氏とかいうんじゃなくて、ただ一緒に面接に……」

「でも僕だったら、そんな心配をする前にあなたを夜のお店で働かせようなんて思わない。あなたが決めたことでも、嫌がられても、絶対に止めます」

突然拳を握り締め力説《りきせつ》する。

風俗に来て説教するオヤジみたいな言い草だ。普段の三丈なら内心ツッコミを覚えそうな言葉も、あまりに須田が真剣なので普通に驚いてしまった。

「アキさん、彼は本当にあなたのことを大切に思ってるんですか?」


ディレクターズチェアに深く背を預けて頭上を仰《あお》げば、青い空ではなく灰色の天井が見える。

橋の下というより、巨大なトンネルの中で暮らしているような気分だ。風通しのいい灰色の穴蔵《あなぐら》。『ささねパラダイス』は休日の午後だからといって活気づくでもなく、ひっそりとした空気に包まれている。言い換えれば平和そのもので、天気も悪くないから出かけている者も多い。

そんな日曜に三丈《みたけ》は灰色の穴でなにをやっているかといえば、店番をしていた。

休日らしくジーンズに紺色ニットの私服で寛《くつろ》ぎつつ、壁の見張り役である。ささパラの壁には、自己主張の激しい若者のスプレーの落書きなどはない代わりに、河原の石やらどこで拾ってきたかウニの一種のタコノマクラの殻《から》などがボルトで無数に固定され、天井まで続いている。

住民が元手と維持費《いじひ》のほとんどかからない店として始めた、クライミングウォールだ。

一登り二百円。街中のクライミングジムに比べたら破格値だが、なにしろ無許可で安全性は保障されていないうえ、場所が場所だけに繁盛《はんじょう》しているとは言い難《がた》い。たまに近所の学生が冷やかしに遊んで行くくらいか。

ただ、そんな閑古鳥《かんこどり》が群れを成した壁を贔屓《ひいき》にしている物好きも一人いた。

「おーい、多真上《たまじょう》、たまには代金払えよな～タダで登ってんじゃねぇ」

ロープなしで登るボルダリング。すでに天井近く、ビルの三階程度の高さまで到達した多真上を視界に入れるには、思い切り頭上を仰がねばならない。リーチの長い両手両足を伸ばしてコンクリートの壁に取りつく男は、どうやら次はかなり遠い位置にある小石を狙っているようだ。

――普通そこはすぐ右上のタコノマクラだろ。

もしや、わざと負荷《ふか》を高めるために、あえて難易度の高いルートを狙っているのか。体力バカにもほどがある。

もう十一月も半《なか》ばだというのに、ジーンズに半袖《はんそで》の黒Tシャツというのも豪快を通り越してバカだ。泳ぎ続けていないと死ぬと言われるマグロのように、多真上も体を鍛《きた》えてでもいないと死ぬ生物なのだろう。

だいたい、壁下には住民が粗大《そだい》ゴミから拾ってきたマットレスがあるとはいえ、その効果のほどは未知数で、命も保障されていない壁を平然と登るとはおよそ普通の人間のすることではない。

——まぁあいつが普通じゃないことぐらい、重々《じゅうじゅう》知ってるけど。

小石に指をかけた男は一息つき、無視されたとばかり思っていた三丈の呼びかけに応《こた》えた。

「いいだろ、べつに減るもんじゃねぇ！」

「減らなきゃタダなら、映画も風俗もみーんなタダだな。ものには維持費ってもんがあんだよ、イジヒ！」

「この壁、維持なんてしてねぇだろうが。その瓦《かわら》、足かけたら外れたぞっ」

マットの上に落ちた瓦を顎《あご》で示す。足場のホールドがあっさり外れるなど、多真上でなければ恐怖で失禁《しっきん》ものだ。ていうか落ちる。

「ついでだから直しといてくれよ。今日のお代はそれでチャラにしてやっから〜」

どこまでも緩《ゆる》い営業形態で、三丈は応えた。納得したのか否か、多真上は再び無言に戻ってへばりつく壁を登り始め、三丈は手元の金色のウィッグに櫛《くし》を通す作業に戻る。

今や商売道具と言えるアキの金髪ロングヘア。よもや自分がバイトとはいえ女装を生業《なりわい》にするとはだ。

橋の下をゆるゆると抜ける風に、俯《うつむ》き加減になった三丈の長めの前髪が揺れる。栗色のさらりとした地毛を耳にかけようとして、親指が耳の硬い石に触れた。須田にピアスをもらったのは、つい二日前だ。

三丈はちらとまた頭上に視線を向ける。

彼氏なんて勘違いも甚《はなは》だしい。心配してついて行ったどころか、揃ってキャバ嬢のバイトをやる予定が残念すぎる女装のせいでバレただけの男だ。

「なぁタマちゃん、おまえって俺のことどう思ってんの？　少しは大切に思ってる？」

須田の言葉を思い出し、ふとそんな言葉を放ってみれば、案《あん》の定《じょう》壁からは「はあ？」という男の不機嫌そうな声が返ってきた。

「だからぁ、タマジョーさんは俺のことを大切に思ってらっしゃいますかね？」

丁寧語に言い直したところで、答えが変化するはずもない。ちょっとばかり具体的に訝《いぶか》る声に変わるくらいだ。

「……急になに言ってんだ、おまえ。キモいこと訊くんじゃねぇ」

「はいはい、さようですね」

べつに意外な答えを期待したわけでも、なんでもない。

「タマちゃんに大事にされた覚えなんてないもんなぁ。怪我も『舐《な》めときゃ治る』で終了だし。おまえが絆創膏《ばんそうこう》買いに走る姿なんて想像つかねぇわ」

「……人を盾《たて》にしてぶん殴らせたおまえが言うか」

「あ、まだ覚えてた？」

三丈はくくっと笑い、傷はすっかり消えた左手の甲を撫《な》でてみる。

須田はアキの強さに感動したというが、三丈も感動だけなら少しした。なにしろ、生まれてこの方、あんなにわかりやすく人に丁重に扱《あつか》われたのは初めてだ。

「ま、客は女と思ってるから甘いんだけどさぁ……俺、ちょっと罪悪感だわ。アキなんて女、この世にいないのに健気《けなげ》っていうか、献金的っていうか……」

献金ではなく、献身的。微妙どころか盛大に言い間違えていたが、ここにいるのは一般常識が類友レベルの多真上だけなので訂正する者はいない。

訂正どころか、生返事さえなかった。

「サラリーマンって、みんなああなのかね。しっかり稼《かせ》いでっと、他人に優しくする余裕でも生まれんの？」

「……さぁな」

「人に顎で使われて、ペコペコしてるだけかと思ってたけど見直したわ。あいつら伊達《だて》にスーツ着てねぇな」

『パネエ』と褒《ほ》めちぎれば、また返事は途切れる。

「プレゼントだって、普通ホイホイしないもんなぁ。おまえだって、今まで賭け以外で俺にものくれたことなんてなかったろ。あ、いや待て、昔なんかあった気がする……」

すっかりツヤツヤのサラサラになった金髪になおも櫛を入れながら、三丈は過去を振り返ってみた。

「そうだ、カニだ、蟹《かに》！」

ポンと手でも叩きそうな勢いで、思い出した。腐《くさ》れ縁《えん》の相棒である多真上とは、互いの誕生日をべったり祝い合うような関係ではないものの、中学のとき『食料だ』と言って川で取ったカニをどっさり渡されたことがあった。小さいカニだ。名前は知らない。

「ありゃ、最悪だったな〜」

三丈はからからと軽い笑い声を立てる。今だから笑い話にできるが、茹《ゆ》でて食べ、激しい食あたりを起こした。

「俺をカニで殺す気かよっていう。おまえと違ってこっちは繊細《せんさい》な内臓してるんだからさぁ」

多真上はまた黙殺《もくさつ》かと思いきや、不意にその姿がぷらんと壁に下がった。

「なっ……」

揺れる大きな体。石を握り込んだ右手一つでぶら下がった男に、足元のホールドでもまた外れたのかとひやりとなる。思わず椅子から腰を浮かしかければ、多真上は切り立った垂直の崖《がけ》すら苦もなく下りる野生動物のような動きで壁のホールドを蹴《け》った。

二つほど足がかりに蹴り、最後は一気にマットの上に飛び降りる。どすりと重い音が鳴ると同時に、砂埃《すなぼこり》のような煙がもわりと舞った。

呆気に取られる三丈を、据《す》わった眼差しで見る。

「気が散ってしょうがねぇんだよ」

「……は？　そりゃあ……どうもすみませんでしたね、くだらねぇ思い出話なんかして」

むっとしつつ応えれば、意味のわからない返事を寄越された。

「なんか、キラキラすんのが目障《めざわ》りで集中できねぇ」

三丈は膝《ひざ》に抱えた金髪ウィッグを見下ろす。そこまでうるさく光っているようには感じないけれど、『そんな神経質なタマかよ』とか『タダで登っといて、なに言ってんだテメエ』などという言葉は喉《のど》から出て来なかった。

茶化すには、あまりに多真上が本気の仏頂面《ぶっちょうづら》を晒《さら》していたからだ。

「なんか……おまえ、顔怖《こえ》ぇよ。機嫌でも悪いわけ？」

問うまでもなく機嫌は悪いのだろう。ただでさえ柔和とは言い難い強面《こわもて》顔だというのに、このところ眉間《みけん》に縦皺《たてじわ》が浮かびっ放しだ。

「最近、ケンカ売ってくる奴も減ったしなぁ。体力あり余ってんのか？　鬱憤《うっぷん》溜まってんだろ、なんなら俺からちょっと広めとこうか？　多真上が『絶賛決闘相手募集中』だって」

わりと本気の提案だったが、元々大して綻《ほころ》ばない口元を多真上は緩める気配もなく、小屋の前のブロックに上着と重ねて置いたフェイスタオルに手を伸ばす。

「いらん」

「あ……そうか？　つか、なんで機嫌悪いのか教えろよ」

「知らん」

取りつく島もない。学校はともかく、休日までしかめっ面《つら》でわざわざささパラに来られて、苛《いら》ついたオーラを振《ふ》り撒《ま》かれてはこっちが迷惑だ。はっきりそう言ってやろうかと思ったが、もしや自分でも苛立ちの理由がわかっていないのではとピンときた。

人間はホルモンやら脳内物質やらの関係で、感情の制御《せいぎょ》が利《き》かなくなることがあるという。

「あれだな、おまえたぶんジョーチョ不安定なんだわ。欲求不満で」

「べつにケンカはしたくねぇって言ってるだろうが」

「そっちじゃねぇよ。男の生理現象のほうの欲求不満だ。溜まってんだろ」

思い当たる節《ふし》でもあったのか、首筋を拭《ぬぐ》うタオルの動きを止め、こっちを見る。

「マジかよ……図星か？」

「……いや、知らん。でもまぁ、ここんとこご無沙汰《ぶさた》だな」

「男なら、自分の下《しも》の世話くらい自分できっちりつけろよなぁ」

ご無沙汰というのが女相手のことなのか、自慰《じい》も含めてのことなのかわからなかったが、多真上の下半身事情なんてあまり知りたくもないのでそこはスルーだ。

突き放すように言いつつも、話を振った手前無下《むげ》にもしきれず、三丈は頭を抱《かか》えた。何度か唸《うな》ったのち、「しょうがねぇなぁ、もう」と溜め息交じりに零《こぼ》す。

それなりに潔《いさぎよ》い性格なので、決断してしまえば割り切りは早い。頭を掻《か》いて栗色の髪を乱しつつ、何気ない調子で言った。

「久しぶりに抜いてやっか？」

「え……」

「俺様の左手を貸してやるっつってんの。溜まった反動でおまえが女でも襲いやがったら、ささパラにも悪影響出るからな。あー、でも俺だけやんのはわりに合わねぇから、フィフティフィフティな」

五分《ごぶ》と五分。お互い様。ようはマスのかき合いの提案だ。

多真上とは何度か自慰の延長線でしたことがある。エロ本を見ているときにもよおし、一人でするには味気なくて互いの手を貸し合った。まぁ好奇心が強く、快楽にめっぽう弱い男子高生としてはそう珍しくもないだろう……なんて踏んでいるが、クラスで統計を取ったわけでもないので実際のところは知らない。

三丈は「うしっ」と声を上げて立ち上がり、飄々《ひょうひょう》とした態度で小屋の戸口へ向かった。扉は小さく、やや身を屈《かが》めて入らねばならない。傍《かたわ》らに突っ立つ多真上は、袖《そで》を通しかけたウインドブレーカーを放り出し、後に続く仕草を見せた。

三畳《じょう》ほどの広さの木造の小屋には、必要最低限のものしか置いていない。というか、置けない。三段ラック二つ分の衣類に生活用品。丸めて隅に寄せた寝袋。壁は有効活用で制服以外のものも無数に下がっており、さながら工具の並んだガレージのようでもある。商売道具のウィッグもフックの一つにかけた。

明かりは工事現場からくすねたようなライトが一つ。橋の下に伸びた住民共有の電源ケーブルは、近所の支援者の家からのものだというが真相は知らない。

天井から下げたライト以外にも、身長より低い位置に屋根を支える太い梁《はり》があり、中は身を屈めての移動だ。

「頭ぶつけねぇようにしろよ?」

念のため声をかけながら振り返ると、自分より窮屈《きゅうくつ》そうに背を丸めた男の顔はすぐ近くにあった。三畳足らずの箱なのだから当然にもかかわらず、びっくりして心臓がドキンと跳ねた。

そういえば、一緒にオナニーをしたと言ってもなんとなく流れでそうなっただけで、『さぁ、いたしましょう』なんて誘ったためしはない。意識し始めると、落ち着きのない子供に変わった心臓がぴょんぴょん飛び跳ねる。三丈は少し後悔したものの、多真上のほうは我が家のようにどっかりと腰を下ろしてすっかりその気だ。

まぁ、男に二言はない。三段ラックの上のプラカゴの雑誌を取り、「ほら」と一冊手渡した。

「なんだ、これ?」

「見りゃわかんだろ。オカズだよ。もらったばっかかの新入荷だ」

といっても新品ではなく、古雑誌を住民が拾ってきたものだ。際《きわ》どいグラビアは、まさにエロ本。こんなものまで用心棒への貢物《みつぎもの》になっている。ついでに「使いたきゃ、使え」と怪しげな半透明のピンク色のボトルまで差し出した。セットでもらったローションだ。一体どこで手に入れたんだか。

「変な臭いすんぞ」

「贅沢《ぜいたく》言うな。抜きどころがわかって手間省《はぶ》けんだろ」

前の持ち主がページにあらぬ汁でも飛ばしていたのかと思ったが、そうではないらしい。クンクンと犬のように鼻をひくつかせる男が首を捻《ひね》って見据《みす》えたのは小屋の角だ。イエローを基調にした花束が、大雑把《おおざっぱ》にもレジ袋を花瓶《かびん》にして下がっている。

「……まだ花なんてもらってんのか？」

「まぁな。いらねぇって言ってんだけど。女は花贈りゃ喜ぶって刷《す》り込《こ》みでもあんのかね。ほら多真上、いいからさっさとやるぞ、準備しろ」

隣に腰を下ろし、三丈はグラビア本を開いた。のっけから乳の大きな女の子が、狭い面積の水着で大開脚《だいかいきゃく》だ。『もうちっと恥じらいのあるやつのほうが好みなんだけどなぁ』などと感想を抱《いだ》きつつ、ページを捲《めく》る。ちらと隣を見れば、急《せ》かされるまま多真上も胡座《あぐら》の上で誌面を開いていた。

肌色のオンパレード。すぐに申し訳程度の水着は取れ、絡み写真も増えてきて副交感神経《ふくこうかんしんけい》をグイグイ刺激する。性的興奮による海綿体《かいめんたい》の充血、ようするに勃起《ぼっき》。三丈は兆《きざ》し始めた中心に、利き手の左手を伸ばした。窮屈なジーンズの前を寛げ、ボクサーショーツもずり下げる。

ここにはテレビやＤＶＤプレーヤーなどはなく、三丈にＡＶを観《み》る習慣はない。もっぱら普段のオナニーは雑誌か己《おのれ》の妄想力が頼りだ。慣れたスイッチをパチパチと入れるようにエロ妄想とセルフな刺激に浸《ひた》ろうとしたところ、ふと隣の男との距離が気になった。

右脇に体温を感じた。狭いため、ある程度体がぶつかるのはしょうがないが、それにしてもくっつきすぎな気がする。

首を捩《よじ》ってみて『げっ』となった。

肩越しにこっちの股間《こかん》を覗き見ていた多真上と、ばっちり目が合った。

「てめっ、なに見てやがんだっ！　自分のムスコに集中しろよ！　おまえに付き合ってやってんだからな」

「一緒にやんじゃねぇのか？」

「や、やるけど、スタンバイぐらい自分でしろ！　一から十まで面倒みてられっか」

本音を言うと、どちらでもよかった。けれど、我が子息のほうはあまりしょっぱなから世話になりたくない。平常でも規格外なサイズの多真上の息子に対し、三丈のそれは平均的なうえ、普段はちょっと皮も被っている。あくまでちょっと、亀頭《きとう》の半分くらいだ。すぐに飛び出すので日本人としては極《ごく》普通だが、男の見栄《みえ》もあってあまり多真上には見られたくない。

きっちりスタンバイさせてから——

「……っておい！」

この世でもっとも矮小《わいしょう》ながらも尊《とうと》い男のプライドについて頭を巡《めぐ》らしていたのを、ぶちまけてしまうかと思った。

多真上が急に後ろから手を回してきたからだ。どこって、そこにだ。

「まだあんま硬くなってないじゃねぇか」

「おまえが邪魔すっからだろ。集中しろって言って……っ……！」

握る三丈の手ごと包んで摑まれ、ぐっと動かされて息を飲む。

ずるっとダブついた皮が剝《む》けて、ピンク色の頭が全部露《あら》わになった。三丈は肌の色素が薄いせいか、全体的に綺麗な色をしている。それなりに使用して……特に左手では励《はげ》んでいるつもりだが、色素沈着もほとんどなく初心《うぶ》な頃の色合いのままだ。

肩に載っけられた多真上の顎《あご》が振動し、ごくりと唾《つば》を飲んだのがわかった。『なんだよテメエ、キモい』なんて罵《のの》りは、無遠慮に上下された手に意識を奪われて言い損《そこ》ねる。否応《いやおう》なしに走る刺激に全身がビクつく。数度往復しただけで、先っぽが露出しっ放しになった。

「あ……くそ…っ……」

気持ちいいのに腹が立つ。こっちのペースはお構いなしに勃起させた性器を弄《いじ》られ、振《ふ》り解《ほど》こうにもいつの間にか背後からがっしりとバカ力で抱きすくめられていた。

「……ちょっ……多真…上、なぁ……もうっ……ほら、もう一緒にやってやるからっ、はなせっ……て、なっ？」

抗議を聞いているのか、いないのか。肩口から移動した男の顔は、柔らかな栗色の髪に埋《う》まり、くぐもる声が響いた。

「……くせえ」

「え……？」

「やっぱ、おまえまで臭《にお》ってる」

小屋全体を満たす花の香り。寝起きしていれば髪にも移って不思議はないが、不可思議なのは多真上の頭の中だ。

なんだって、そんなに拘《こだわ》るのか。花が嫌いなんて、今まで一度も聞いたためしはない。

「ひ…ぇっ……」

不意打ちでべろんと舐《な》められた。動物が毛づくろいでもするかのように、多真上は三丈の髪を舐め上げる。

「おまっ、おまえ、なにやってっ……」

「臭い取れねぇかと思って」

「だからって人の頭舐めるか、普通……ちょっ、待て、舐めるなって！　わかったわかった！　はっ、花はテキトーな理由つけてもういらないって言うから……」

なんだか、ヤバイ。いろいろ、ヤバイ。

本能による警告で、頭にチカチカと光が点滅している感じがした。しかし腕は振り解けないし、話は通じないしで、戸惑っている間にもぐらりと視界が回り、ラグ代わりに敷いた毛布の上へと仰向けに引き転がされる。

押し倒された。男同士のマスのかき合いとして正常とは思いがたい体勢に、頭の警告灯は全《ぜん》灯《とう》状態だ。

「待て、多真上！　やっぱいい、俺はいい。後で自分ですっから、おまえだけ手でしてやる」

「……なんで？　一緒にやるんだろ、遠慮すんな」

「遠慮じゃねぇっ、つか、さっきからおまえが一方的にやってるだけで…っ……」

発しかけた言葉を飲んでしまい、『んっ』と代わりに鼻にかかった呻《うめ》きを上げる。圧《の》しかかってきた男は、狙いを定めて位置を合わせた腰を動かし始めた。互いのズボンから飛び出したものが生々しくぶつかり合って擦《こす》れる。

「ちょっ……あっ……」

まだ大して興奮していないつもりだったが、多真上のほうはそうでないらしい。早くもカウパーが滲んでいた。今の流れで興奮する要素がどこにあったのか。いきなりぬるんと滑《すべ》って、重く腰に纏《まと》わりつく快感に三丈も考える余裕をなくす。

「これなら……一方的じゃねぇだろ」

「あっ……待て…って、も…っ……」

気持ちよく性器の擦れ合う感触。何度か腰を卑猥《ひわい》に揺らされただけで、三丈のほうも自身がじっとり先走りを浮かべ濡れてきているのがわかった。

二人分の滑《ぬめ》りに、快楽も加速する。

「……は…っ、悪くねぇな」

息を荒がせて見下ろす多真上の目は、しっかりと自分を捉《とら》えていた。顔だけじゃない。するっと下りた視線は、不躾なほどの眼差しで、三丈の勃《た》ち上がってビクつく性器を凝視《ぎょうし》する。

視姦《しかん》されてる。本気でそう思った。

熱い視線に、荒い息。顔の両脇についた半袖《はんそで》シャツから伸びた筋肉質な腕が、腰の動きに合わせて震えるように揺れる。

「あ…っ、ちょっ……たま、じょ…っ、なぁ、おまえっ……」

なんでこいつ、こんなになってんだよと思った。

──これって、まるきりヤってるときの顔じゃね？　コイツ、完全に雄《おす》の面《つら》になってるんですけど。

こえーよ、発情期の動物かよ！　やっぱ普通じゃねぇ。

「なぁっ……た、タマちゃん……確認すっけど、おまえ俺が男なのはわかってるな？」

「……それ以外のなんに見えんだ」

「おまえのダチの三丈暁良《あきら》くん……だよな？」

「おう」

短い返事に安堵《あんど》して竦《すく》ませた身を弛緩《しかん》させても、ハアハアと動物めいた息づかいで腰を振られると、どうにも雌《めす》扱いされている感じがして落ち着かない。このままヤられるんじゃねぇか、なんて心配が引いてはまた浮上《ふじょう》する。

「や、やっぱりやめ……」

胸元を突っぱねて拒否しようとするも両手を摑まれた。ケンカなら巨漢男でも一発でのしてしまえる三丈の拳《こぶし》も、容易《たやす》く床に沈められる。状況が非日常すぎて対応できない。

どうかしている。自分も、こいつも。

「逃げんな、三丈……マジ、溜まってたみてぇだ」

「……だろうな、うん。溜まって…んのは、よくわかんだけどさ……」

「……くそ、キモチイイ」

「そ…りゃ、よかったな…っ」

いつものようにからかってやろうにも、上手く言葉が出ない。キモチイイは連鎖《れんさ》する。

「う……ぁっ……」

腹を打つほど天を向いた性器が、ぐりっときつく捩《よじ》れる。多真上の雄々《おお》しく張った屹立《きつりつ》に、裏筋を中心にごりごりと激しく擦られ、快感はバチンと弾《はじ》けるかのように湧《わ》いて膨《ふく》れた。

「……んっ……あぅ、んっ……」

変な声が立て続けに出る。二人分の荒い息が、小さな空間を満たした。こんなとこ誰かに見られようものなら、ささパラの野良猫二匹がホモっていたとでも噂になるだろう。幸い扉はきっちり閉まっている。けれど、状況に変わりはない。

どころか、さらに悪化した。

「……おい、それ…は、マズイんじゃねぇっ…の？」

「なにが？」

「なにって、おま……」

頭上で見下ろす顔が、グングン下りて近づいて来る。

キスされると思った。ほかの可能性なんて、びっくりするぐらい思い当たらなかった。

さすがの三丈もパニックだ。というか結構前から混乱の極みにいる。動揺のあまり、フーフーと息を吹きつけて遠退《とおの》かせようとしてみたりもしたけれど、紙切れじゃあるまいし飛んで行ってくれるわけがない。

もう駄目だ。観念してぎゅっと目を閉じ、吐息に湿った唇を戦慄《わなな》かせたところ、衝撃が襲った場所は違っていた。

「いっ……痛《いて》ぇっ！」

突然嚙《か》みつかれたのは、左耳だ。

「テメっ、なに嚙みついてっ！　いてっ、痛ぇって、変な跡、残ったらどうすんっ……」

抗議も言い終えぬうちに、お詫《わ》びなのかなんなのか、ペロリと今度は舐められた。

髪を舐めたときとは違う。次の瞬間にはぴちゃりと淫猥《いんわい》な音を立て、耳の奥を触覚でも聴覚でも刺激する。耳穴からピアスの並んだ耳たぶまでぞろりと舌でなぞられ、同時に下肢《かし》に伸ば

された手にぶるっと腰が震えた。

「ん……ぁ……んっ……」

腹の間で肉の棒と化した互いの性器を多真上は一纏《ひとまと》めにし、摑んで扱《しご》き始めた。直接的刺激は今までの比じゃない。ぴちゃぴちゃと耳元で音を鳴らしながら、右手で重ねた性器を煽《あお》られる。射精に向けて促《うなが》しているのはすぐにわかった。

とにかく気持ちいい。嚙まれてジンジンしている耳さえ、快楽の疼《うず》きと錯覚《さっかく》しそうなほどにイイ。濡れた熱と熱がぶつかり、弾ませるように揺り動かされて擦れ合う。

「はぁ、はぁ…っ……多真上、おれ……出る」

『なに申告してんだ』なんて、己にツッコミを入れたり、羞恥《しゅうち》を覚える暇はなかった。射精感はいつの間にかすぐそこまできていて、抗《あらが》えない位置にいた。

三丈は宣告どおりにほどなく吐精《とせい》した。へその辺りに量はあまり多くない白濁《はくだく》を零《こぼ》し、少し遅れてそのときを迎えたらしい多真上がぶるっと頭を振った。硬そうな張りのある黒髪が揺れ、紺色のニットを摑んで捲られた三丈はぼんやりしていた目を瞠《みは》らせる。

「なにして……」

「……汚れんだろうが」

そりゃあお気遣いどうも——って、そうじゃない。

「く…うっ……」

低く呻き、多真上は射精した。

びゅっと勢いよく絞《しぼ》り出《だ》された白濁は、ニットを剝《む》かれた三丈の肌に飛び散る。やり場がなくてそこへ漏らしたというより、意図的にかけられたとしか思えなかった。

「な…っ……」

一見乱雑としか思えない動きで、多真上はがしがしと自身を扱《しご》いた。重たく注《そそ》がれる精液は一噴きでは終わらず、びゅくびゅくと何度かに分けて噴き零れ、うっすらと赤く上気《じょうき》した三丈の肌を穢《けが》していく。

腹だけじゃない。胸のほうまでべっとりと飛ばされ、ニットを一方の手でさらに首元までたくし上げられた三丈はひっとなった。

「……いっ、いつまで出してんだよっ！」

顔へもかけられるのかと思った。

その気があったのかはわからない。ようやく放ち切って弾切《たまぎ》れの男は肩でハアハアと息をし、額に汗を滲ませている。その表情はどこか満足げで、黒い双眸《そうぼう》は自身の汚した三丈の体をうっとりと眺めていた。

「……三丈」

精液に塗《まみ》れた肌に男は手を伸ばし、指先に引っかかったアクセントを摘《つ》まんだ。

「おまえ、乳首勃ってる」

「……あっ……」

わけがわからない。『新手《あらて》の嫌がらせか？』という疑問が頭を過《よぎ》ると、急にそれまでとは違う方向へ居たたまれなくなる。

「やめっ……もう、やめろよ」

三丈は上擦《うわず》ってしまった声に舌を打ち、それから「終わっただろ」と念押しするように繰り返した。


「そりゃあ、嫉妬ってやつでしょうよ」

クラブ『ラズベリー』の古株ホステスであるルリノは、ほっそりとした華奢《きゃしゃ》な煙草《たばこ》を吹かしながら三丈《みたけ》の疑問に答えた。

まだ開店したばかりの時刻だが、店の裏の控え室に人気《ひとけ》は少ない。化粧直しをしていた子も出て行き、壁の鏡の前の丸いスツールに座っているのは、ルリノとアキこと三丈の二人だけになった。

年齢にそぐわぬ迫力の盛り髪が特徴のルリノは、一般の会社で言うところの『お局様《つぼね》』である。姉御肌《あねごはだ》で『ラズベリー』の面倒事は一手に引き受けているとかいないとか。

三丈までもが相談なんてする羽目《はめ》になったのは、『客からの花を断ってもいいか』と尋ねたのがきっかけだ。理由を問われ、持って帰ると友人が異常に嫌がるからだと答えた。

まさか精液をぶっかけられたとは言えない。馬乗りになって耳に噛《か》みつかれた……程度に留《とど》めておいた。充分言いすぎか。

「そのコ、アキちゃんに嫉妬してるのねぇ」

「おれ……私にですか？」

「そうよ、アンタも美貌《びぼう》の自覚ぐらいあるでしょ？　私だって若い頃は気持ちに余裕がなくて、お店に新しく綺麗な子が入ってくる度《たび》にイラついたもんだわ」

「そういうものですか」

ルリノは、頷く代わりに壁面の鏡の三丈に向けて紫煙《しえん》を吐き出した。

「しかもその子、面接に落ちたって言うじゃない。落ちるなんて、よっぽどよ」

溜め息交じりの声音が気の毒そうな響きだ。

男だとは話していない。相手は店に一緒に来た奴で、噂の彼であると言ってしまえば話は違ったのかもしれないが、友人なんて言葉もむず痒《がゆ》いが、多真上は恋人ではない。異性でもなく、同性である。

「……にしても、噛みつくなんてちょっと危ない子ね」

「変わり者なんで」

「ふうん、でも嫌いにはなれないんでしょ？　でなきゃ悩んでないものねぇ」

「……はぁ、まぁ」

曖昧《あいまい》に濁《にご》しつつも、三丈は無意識に左耳を弄《いじ》った。先週噛みつかれた耳は、もう痕も痛みも残っていない。なのにそこに並んだダイヤのピアス以上に、多真上の立てた歯や押しつけた唇や、熱い舌の感触のほうが気になる。

まるで思い出すために触ってでもいるかのようだ。

「ふふっ、いいじゃない。友情で悩むのも若さよね。でも仲がいいほど拗《こじ》れると面倒だから気をつけなさいよ。親友だって、裏切るときは裏切るんだから。特にこの世界にいるとね」

先のほうを吸っただけの煙草をガラスの灰皿で揉《も》み消し、立ち上がる彼女は髪の盛り具合を鏡で確認しながら言った。どこか真《しん》に迫《せま》った一言は、経験による忠告か。

「キモに銘《めい》じときます」

親友にもあっさり裏切られる世界か。ちょろ甘なんて思っていた女の職場は、とんだ弱肉強食のサバンナだ。

ルリノの後に続き、三丈も控え室を出る。夜のサバンナ……煌《きら》びやかな店のフロアに出れば、三丈の金髪のロングヘアは一際《ひときわ》輝きを増し、息を飲むその美しさにボックス席の客がすぐに気づいて声を上げる。

「アキちゃん、こっち！」

どこぞの会社で専務をやっているという、中年の男だ。アキを気に入って指名を続けており、隣に座っていたヘルプの女が一瞬憎たらしそうな視線をこっちへ送った。

三丈は気づかぬ素振《そぶ》りで微笑み、彼女に代わって席に着く。適当な世間話を繰り出しつつ、ウイスキーを客の好みの加減に割っていると、隣でスーツの内ポケットを男はゴソゴソとさせた。

「そうだ、アキちゃんにこれあげるよ」

「え、なんですか?」

「肉が好きだって言ってたでしょ。俺は行けそうにないから」

「わぁっ、邪邪苑《じゃじゃえん》の食事券じゃないですか! いいの⁉」

高級焼肉店のチケットに一気にテンションも上がる。

「取引先からもらったんだけど、俺、会社の健康診断でひっかかっちゃってさぁ。しばらく節《せっ》制《せい》しないと」

目立ってきているとしか言いようのない腹を気にする男は、苦笑いで言った。

「ペアだから友達とでも行ってきなよ。あ、この券、日にち限定なんだけど大丈夫?」

「大丈夫です。暇な友人いるんで、付き合ってもらいます」

「なに、もしかして男? だったら妬《や》けるなぁ」

反応を窺《うかが》うように問う男に答えたのは、三丈ではなく通路を通りかかったルリノだ。

地獄耳の姉さんは、絶妙な助け舟を出してくれる。

「やだ、女の子ですよ。アキちゃん、ちょうど仲直りしたい友達がいるのよね？」

――仲直りって、べつに喧嘩したわけでも、仲良くしたいわけでもねぇけどな。

ビルの非常階段に出た三丈は、深呼吸を一つしつつ思った。

夜の空気が肺を心地よく満たす。空気は冷たければ冷たいほど澄んで感じられるのはどうしてだろう。

ドレスのチュールの裾《すそ》が繁華街のビルの谷間を吹き上げる風に捲《まく》れ、三丈は煩《わずら》わしげに押さえる。『ラズベリー』は十二階だてビルの八階にあり、外付けの非常階段は寒いが居心地はよかった。女の化粧や香水の匂いとお喋《しゃべ》りのきつい控え室よりよっぽど安らぐし、胸のズレた詰め物も直せる。

今夜はブラを直すのではなく、携帯電話を取り出した。三丈の所有する数少ない生活家電だ。顔は広いわりに登録している連絡先は少ない。

『三丈、どうした？』

多真上《たまじょう》は遅いコール数で出た。相変わらず愛想《あいそ》のない声だが、微《かす》かに緊張しているようにも感じられる。

三丈から電話するなど珍しい。非常事態かもしれないとでも思ったのだろう。

日曜の小屋でのアレは、その後特に揉《も》めるでもなく仲違《なかたが》いはしていない。ただ、三丈がこの上なく動揺させられ、変わらず多真上が不機嫌オーラを撒《ま》き散《ち》らしているという以外は。欲求不満かと思って相手してやったのに、チンポ擦《こす》られてぶっかけられただけで機嫌も直らずとは、働き損だ。その上さらに――なんて、自分はどれだけ人がいいんだと褒《ほ》めてやりたい。

――嫉妬かぁ。だいたいこいつが探してきたバイトだもんな。心のキビがわかってなくて悪かったわ……って、そういやキビってなんの略だっけ？　きび団子のキビか？

途中から緩《ゆる》い疑問に変わりつつも、三丈はへらりとした声で返した。

「おうタマちゃん、生きてたか。なにしてた？」

『勉強』

何気ない問いかけへの返事に意表を突かれる。いちいち予想を覆《くつがえ》してくる男だ。『勉強』なんて試験前でも聞いたことがない。ここは笑ってやるべきなのか、ハハハと苦し紛《まぎ》れに響かせてみるも、電話越しの反応はなかった。

人に愛想笑いという気遣いを強要しておいて投げっぱなしか。むっとしつつも、ここで話を逸《そ》らすと戻れそうにないのでぐっと堪《こら》える。

「まぁ、いいや。べつに大した用じゃねぇんだけど、肉行かねぇかと思って」

『肉？』

「ああ、焼肉のタダ券もらってさ。なんと、邪邪苑！」

当然全力で食いついてくるだろうと踏んでいた。

ステーキを須田《すだ》に奢《おご》ってもらえることになったと知らせたときも、よほど羨《うらや》ましかったのか不貞腐《ふてくさ》れていた男だ。性欲でないなら食欲に決まって――

『……もらったって、また花の奴か？』

「いや、どっかの会社の専務。メタボと血糖値が気になるお年頃の客だけど？　そこそこ指名ついてるんでね。貧乳《ひんにゅう》でも結構モテんだぞ、アキちゃん」

『……へぇ』

どこに地雷が潜《ひそ》んでいるのやら。用心棒の相方のよしみで機嫌を取ってやっているというのに、変わらず低い声に鼻白《はなじろ》む。非常階段の手摺《てす》りに腰を預け、三丈はやや尖《とが》った声で尋ねた。

「で、食いに行くだろ肉。ああ、そうだ、日付が限定なんだった……」

チケットの期間を思い出しつつ問えば、思いがけない返答が、耳に押し当てた電話から響いた。

『悪い。金曜も週末も無理だ』

「……は？　って、行かねぇの？」

『当分勉強が入ってる』

「なに、勉強って……もしかして、さっきからマジで言ってる？」

『マジじゃない勉強なんてねぇだろ。しばらく家庭教師がつくことになった。今日も、さっき終わって帰ってったとこで……』

「なんのために⁉」

目的なんてなくとも、高校生は勉強するものだが、思わず声高《こわだか》になって身を乗り出すほど三丈には寝耳に水だった。

『なにって……来年の受験の前に、基礎学力を上げておきたいからだ』

「おまえ、まさか大学進学する気なわけ？　家庭教師って……なんだよ、それ。親の世話になるの嫌なんじゃなかったのかよ？」

『だから、大学は奨学金枠《わく》に入りてぇ。家庭教師は、前から言われてて……出世払いで頼むことにした』

背に腹は代えられないとでもいうのか。べつに多真上が親に借金しようが脛《すね》を齧《かじ》ろうが、三丈には関係のないことにもかかわらず、背中に嫌な汗を感じるほど動揺させられた。

「……なに言い出すかと思えば、随分普通だな、おまえも」

普通に息子の将来を案じる親の元で、普通により良い未来を目指す。

ぬるい考えだなんて言葉が飛び出しそうになり、ぐっと喉奥《のどおく》で詰まらせて留めた。自分が言ってはイヤミにしかならない。

「大学行ってなにすんだよ。おまえ、やりたいことでもあんの？」

『就職する』

「……いや、そりゃ就職はするだろうけど」

なにか無謀《むぼう》な大志でも抱《いだ》いて急に言い出したかと思えば、随分と大雑把《おおざっぱ》だ。医者や官僚を目指すと多真上に言われてもピンとこないが、警察官や自衛隊員ならまぁ納得できる。協調性のなさを除《のぞ》けばの話だが。

漠然《ばくぜん》とした将来を語る男。この辺りで雲行きがおかしいと気づくべきだったのかもしれない。

多真上はますます困惑させられる返事を寄越した。

『サラリーマンになる』

――サラリーマンって。

学校帰り、制服姿で商店街を歩く三丈は、見知らぬ会社員のねずみ色のスーツの背を複雑な思いで睨《にら》み据《す》えながら歩いた。

そりゃあ自分だって最近は少し見直した存在ではあるけれど、目標として掲《かか》げられても『なんだそりゃ』だ。

「おや、今日は一人かい？　珍しいね、タマちゃんはどうした？」

目的地のラーメン屋、ファールボール軒の薄汚れた暖簾《のれん》を潜《くぐ》り、安っぽい磨《す》りガラスの引き戸をからりと開けると、大将に開口一番にそんな声をかけられた。

「あいつは勉強が忙しいんだってさ」

入ってすぐの券売機で食券を買いながら答える。「勉強かぁ、そういや学生だったなぁ」と、店でも外でもいつもタオルを頭に巻いた胡散臭《うさんくさ》さ漂《ただよ》うオヤジは笑い出した。

自分も最初聞かされたときは笑った。冗談ならよかった。多真上がお勉強なんて。

今日は月末で、英語の小テストがあった。先月まで三丈と共に最下位争いのグループにいたはずの男は、あっさりと点数を上げ、平均点を上回っていた。『こいつ、勉強やらないだけで実は頭よかったのか？』なんて思わされ、敗北感この上ない。

『おまえ天才だな、やればデキるコだったんだな』などとおざなりに褒めてみたところ、仏頂面《ぶっちょうづら》が小鼻を膨《ふく》らませたような得意げな顔に変わって、ムカっとした。

あの一瞬のピカッと光る稲妻《いなずま》のような苛立《いらだ》ちはなんだったのか。学校の成績なんて重要視しておらず、テストの点数で張り合うような感覚は持ち合わせていなかったはずなのに、多真上相手に限って腹が立つというのもおかしい。

「いつもカップルみてぇに一緒にいんのになぁ」

食券を切る大将の一言に、また稲妻がピカッとなった。

「やだなぁ、キモいこと言うのやめてくださいよ」

アハハと乾いた笑いを零《こぼ》しつつ、そう広くはない店の奥のテーブル席に着く。四人掛けのテーブルを一人で占拠《せんきょ》してもなんの問題もないほど空いていた。午後四時過ぎ。夕飯にも早すぎる時刻に、胃袋の求めるままに入ったのだから当然か。

——暇だ。

普段は目も向けない壁のサイン色紙まで眺めてしまい、一人で入る店は手持ち無沙汰だと認めざるを得ない。並んだサインは、今をときめくアイドルから芸人までそうそうたるメンバーだ。サインの日付がみな同じ大将の癖のある字であるのにぼんやり気づき始めた頃、ラーメンが「お待ち」と出てきた。

チャーシューなんてトッピングしたものだから、食べ始めてからも多真上を思い出した。ゴキゲンでチャーシューつきで奢ってやったのは、ついひと月前だ。

箸《はし》でスープの海へ目障《めざわ》りな肉を沈めようとするも上手くいかず、不本意ながら先に胃袋へ消す。なんだかストレスの溜まる食事も一人ならあっという間で、腹だけは膨らませて店を出た。

日が短いせいで、早くも一日の終わりの空気だ。日暮れの近づく商店街を三丈は歩き始め、いくらも行かないうちにぽろりと漏《も》らした。

「……つまんねぇな」

自分の冴《さ》えない声にどきりとなる。明日から師走《しわす》に突入の商店街は、男子高生の憂《うれ》いをよそに活気づいて騒がしいことこの上ない。様々な音がひしめき合っているというのに、自分のその声だけが、クローズアップされて耳に大きくふわりと響いた。

放ったボヤキを打ち捨てるように、歩調を早めて歩く。今日はバイトはキャバクラのシフトは入っておらず、夜中の銭湯の手伝いだけだ。寒々しい河川敷《かせんじき》に真《ま》っ直《す》ぐに帰る気にもなれず、駅前のゲームセンターやカラオケ屋の並んだ通りへと向かった。季節と心は寒くとも、懐《ふところ》だけはわりのいいバイトのおかげで暖かい。

ゲーセンの通りは若者グループがいつも多かった。制服姿で澄まし顔で歩く三丈は、金髪ウィッグなど被《かぶ》ってなくとも否応《いやおう》なしに目立つ。グレーのブレザーに臙脂《えんじ》のネクタイ。頭身のバランスがやけにいい、ハーフと見紛《みまご》うような色白の美形。知る者が見れば一目でわかる、ささパラのミケだ。

「おい」

適当な店に入ろうとする間際、いかにも面倒臭そうな連中に声をかけられた。紺色の学ランの制服、線路の向こう側の高校の奴らだ。一瞥《いちべつ》して通り過ぎようとすると、よせばいいのに肩を摑んでくる。

「おいコラ、シカトしてんじゃねぇよ!」

「……あ?」

「三丈暁良《あきら》だろ?」

三丈は溜め息をついた。『よせばいいのに』はもちろん相手に対してだ。息巻いて声をかけてくるだけあって、相手はグループで一人ではない。

『顔貸せや』なんて、もはや『いつの時代だよ』というやりとりの後、連れ立って人気《ひとけ》のない路地へと向かった。ちょうどいい、三丈も面白くなくてむしゃくしゃしていたところだ。

食後の運動にひと暴れ。いつもの生活と変わらない。ただし、隣に目障《めざわ》りなほどガタイのいい男はいないというだけで。

べつに二人揃ったからといって、足を引っ張り合うことはあっても、協力し合って敵を倒したりはしなかった。プロレスじゃないのだ。

これはケンカだ。ルールなき戦争――

「ふざけた態度しやがってっ‼」

どこから持ち出してきたか、背後の男が鉄パイプを振り上げた。

一人で相手をするには人数が多すぎる。除《よ》けきれない――早くも灯《とも》った街灯を反射する光が空気を切る間際に、そう感じた。

三丈は首だけをさっと傾け、頭を右へと逃す。柳眉《りゅうび》を寄せ、ぐっと上半身に力を漲《みなぎ》らせた瞬間、ズンとした衝撃が左肩に走った。

「やった……」

歓喜の雄叫《おたけ》びを上げようとした男のほうを、ゆらりと振り返る。頭ごと揺らして肩を鳴らすように回し、鉄パイプを払い落とした。

「……効かねぇなぁ」

低い声を作って放《はな》った一言に、サァッと男たちの顔が漫画みたいに青ざめるのが見て取れた。愉快でもないけれど、とりあえずからりと笑っておく。

「あー、もしかして当たればいけると思っちゃった？　あはっ、ごめんね、期待に添えなくて」

「……ばっ、ばっ、バケモンかよ、テメエはっ！」

「普通当たったら痛《いて》ぇだろっ、鉄パイプだぞっ、ゴムじゃねぇぞっ？」

三丈の存在の理不尽さを、理不尽に責める男たちを押しのけた。

「さぁ、なんででしょうね。もう行くわ」

アスファルトに放り出していた鞄《かばん》をひょいと拾い上げる。学校指定の黒のナイロンバッグ。ほとんど中身はないから軽いものだ。

勝手にケンカを切り上げて帰る三丈を止める者はいない。少しはストレス解消になるかと思ったが、爽快《そうかい》さはなく、得体の知れない疲労感だけが残った。ゲーセンに入る気もなくしてしまい、すっかり夜に変わった通りを歩く。

駅から真っ直ぐに伸びた大通りは小奇麗なレストランやカフェが多い。さすがに腹は減っていないものの、くだらないケンカで喉《のど》は渇《かわ》いていた。自販機で充分だと首を捩《よじ》って視線を巡《めぐ》らせれば肩に不快な軋《きし》みが走った。

――まぁ、当たったら痛ぇわな。

打たれても痛まないわけではない。ただ、人よりちょっと痛みに慣れているだけだ。

左肩に手をやりつつ、三丈は歩道沿いの店のガラス窓にふと目を向け、はっとなった。

「……あ」

眩《まばゆ》いほどに店内の明かりの灯《とも》った時刻だ。ガラスに映り込む自分の姿は確認できなかった代わりに、知った顔が窓辺のテーブル席にいるのが目に留まった。小洒落《こしゃれ》たカフェなど似合わない男の姿に瞠目《どうもく》するも、そこにいるのは自分と同じ制服を着た多真上である。

分厚《ぶあつ》いガラス一枚隔《へだ》てているといっても、至近距離だ。数メートルと離れていないのに、多真上はこちらに気づく様子がない。

それもそのはず、視線は真っ直ぐにテーブルの先へと向かっている。ラーメンの油染《じ》みのついた胡散臭いサイン色紙なんて、カフェには並んじゃいない。多真上が見つめたのは向き合った女だ。

いくらか年上に見える女だった。豊かなセミロングの黒髪に、横顔だけでも知性を感じさせる面立《おもだ》ち。ただお堅いのとは違い、耳に髪をかける仕草に女らしさと仄《ほの》かな色気を感じる。細い指先。極《ごく》自然な上目遣いのはにかんだ笑み。三丈の女装とは本質が違う。地味なオフホワイトのタートルネックのニットでボトムは見えず、胸も大きくない。それでも、本物の女の色香だ。

『デートかよ』と突っ込んだ次の瞬間には、違うとわかった。テーブルの上には学校の机のようにノートや参考書が開かれており、女の話に頷く多真上は、真剣な表情で握ったペンを走らせ始めた。

——これが、噂の家庭教師なのか。

「……なんだよ、それ」

非常階段で『勉強』の話を聞かされたときのような声が出た。勉強とか言って、ようは気になる女でもできたのか。美人家庭教師に鼻の下を伸ばしきっているとでも。

何故だか、ただの女であったほうがよかった気がした。暖かそうな色の店内も、目の前にいるのにこちらに気づかない男も、すべて別世界のように見えたからかもしれない。

どのくらいそうしていたのか。けして少なくはない通行人の鞄に身を小突《こづ》かれて、じっと観察するように二人を見ていた自分に気づいた。

我に返った三丈は、足早にその場を去る。

自分が走っていて、息を切らしていることに気づいたのは、歩道が途切れて信号に足止めを食らったときだった。灯った赤い光に行く手を阻《はば》まれる。早く帰りたいのにとムカついた。

腕を動かすと肩が痛む。走れば息が苦しくなる。けれど、そんなのはどうでもよかった。じっとしていても、鉛《なまり》でも飲んだみたいに体は重たく不快になっていた。心臓の辺りだ。

早く。早く落ち着く場所へ帰ろう。

信号が青に変わり、横断歩道を駆け抜けて、繁華街から外れればネオンの数はぐんと減る。ビルの窓明かりも、街灯の数も、少しずつ疎《まば》らになっていき、光が減った分だけ夜は深まり風は強く吹く。

ぽつぽつと明かりの灯る河川敷へ出た。

慣れた暗がりは、三丈に優しい。

空気はいつも冷たいほど澄んで感じられる。


三丈は十四歳のとき家を出た。

最初はただの家出のつもりだった。家庭不和《ふわ》、学校の上手《うま》くいっているようで煩わしい人間関係、思春期という病。十四歳がプチ家出をしたくなる理由などいくらでもある。三丈もそのうちの一つか、複数だったか。

理由は問題じゃない。ただ、普通の家庭と違い、そのせいで帰る場所をなくした。

正確には、自《みずか》ら放棄した。一週間もしないうちに金が尽きて家に戻ったら、小さな家のキッチンの窓から夕飯の支度をする母の姿が見えた。母と義父と、年の離れた半分だけ血の繋《つな》がった幼い弟。三人家族の夕飯を用意する母の表情は穏やかで幸せそうだった。

この家に四人目はいらない。淡く感じ続けていたことだったけれど、離婚した元夫との子である三丈は自分を異分子であると悟《さと》った。

三丈の父親はトラブルの絶えない人間で、散々《さんざん》母を困らせていたから仕方ない。

昔格闘家を目指していたという父には『強くなれ』といってよくボコられた。周囲に虐待《ぎゃくたい》疑惑をかけられれば鍛錬《たんれん》だと言い、三丈には『自分を殴れ』と煽《あお》った。一発殴り返せば、十発返ってくる。そんな毎日。三丈は無茶苦茶な生活の中で強くなった。

クレイジーとしか言いようのない父親と縁を切ることに成功した母は、安堵しただろう。三丈もほっとしたが、母の心にはまだ不安が潜《ひそ》んでいた。それが父と面差《おもざ》しの似た自分の存在だった。

あの日、三丈はそれに気がついた。

鍵を開けて入れれば、母は笑顔で自分を迎え入れる。探していた振りもする。義父と一緒に少し叱って、家出の理由を問うかもしれない。普通の家族のように。

三丈は母親を突っぱね、家を出る道を選んだ。

今も縁を切っているわけではなく、学校に通って、それなりの十七歳の青春を過ごせる程度の繋がりはある。たまには顔も見せる。罪悪感を与えたいわけじゃない。自分は居場所を追われたのではなく、あくまで自分の意志で家を飛び出した困った息子だ。

実際、途方に暮れていたのは最初のうちだけだった。

金も尽き、帰る気もなくし、行く当てなく偶然辿《たど》り着《つ》いた沙沙涅川《ささねがわ》。河川敷の大きな橋の下は、一晩過ごすにはよさそうに思えて、ふらふらと向かった三丈は入口で暴漢に襲われていた男を救った。

中年の身なりがいいとは言い難い男はホームレスで、『おめぇ、訳ありか?』と察して、橋の下の『空《あ》き家《や》』に泊まらせてくれた。ワケアリとはなんだかよくわからなかったけれど、助かった。

木造の小屋の前には、牛乳瓶《びん》やらに刺さった菊の花が並んでいた。住人がいなくなってなお、他人の匂いの染みついた小屋。居心地がいいはずはないのに、不満も不安も覚える余裕のない三丈は久しぶりにぐっすりと眠り、とりあえず幽霊も出なかった。

翌朝、橋の下で暮らす住民たちのリーダー格の老人を紹介された。

年齢を問われて、最初は二十歳と答えた。誰も信じなかった。でも出て行けとも言われない。『ささねパラダイス』はそういうところだった。

三丈は住みつき、時々は住民たちの助けになった。多真上に出会ったのは、ちょうど橋の下を溜まり場にしようと企《たくら》んでいた輩《やから》と揉《も》め、ごたごたしているときだった。

当時から中学生らしからぬ強さの三丈だったが、河原の石に足を取られて転んだ。尻もちをついてしまい一転ピンチ。馬乗りになった男が殴りかからんとしたそのとき、求めてもいない助けに多真上が現われた。

男の背後で多真上はブロックの塊《かたまり》をヒョイと振り上げた。

無言で、無表情に。

「おいおい、待て待てっ、殺す気かっ！」

慌てて止めた。体はデカいが、まだ幼さの残る顔をした自分と同じ詰襟《つめえり》の制服の男。ぼんやり覚えがあると思ったら隣のクラスの生徒だった。

偶然通りかかり、ケンカに気づいたのだと言う。正直、嫌だった。

その頃の三丈には、まださパラで暮らしているのを知られることに抵抗があった。学校で教師になにか言われても困るし、ただでさえクラスでも浮いた存在になりつつあった。銭湯のバイトもまだしておらず、見た目もいろいろとヤバくなっていた三丈は、まさに薄汚れた野良猫状態。誰もが眉を顰《ひそ》める。

だから、なるべく多真上にもかかわるまいとしたのに、やたらと構ってくるようになった。休みに公園の水道で洗濯をしていても、ひょっこり現われる。

「俺に構うなってってんだろ。バカにしてんのか？」

「バカに？　なに言ってんだ？　おまえ、カッケーなと思ってさ。見ろ！」

多真上は近くに見えた家を指差した。青い屋根の家、隣のオシャレな四角い家、背の高いマンションの階の一つ一つも。

「どっこも子供の家なんかねぇ。みんな大人の家だ。中学生で家持ってんの、おめぇだけだ」

やっぱりバカにしてんだろと思った。

けど、振り返り見た多真上は、あどけなさの残る顔を少年らしくキラキラ輝かせていて、『コイツ、本気で言ってんだ』とわかった。『やべ、本物のバカだ』ともちょっと思った。

「俺の家っていうか、借家《しゃくや》だけどな」

「シャクヤでもスゲエ！　おまえさ、なんで一人で暮らしてんだ？」

「あー、ワケアリでさ」

「ワケアリ？　ってなんだかわかんねぇんだけど」

そこは三丈もよくわかっていなかったので、曖昧《あいまい》に笑っておいた。

「とにかく、おまえ強《つえ》ぇしカッケーよ」

「あ、うん……まぁね」

戸惑いつつも、だいぶ気分がよくなっていた。それから多真上とはちょくちょくつるむようになって、そうこうするうちに始めた『ささね湯』のバイトも一緒になって手伝ってくれた。

バイト明けには駄賃《だちん》をもらって、一緒に風呂に入って、脱衣所の扇風機《せんぷうき》に向かって『あああぁ』って言って声を震わせてみたり、コーヒー牛乳を飲んだりした。牛乳を飲むときは腰に手を当てるもんだと教えてきたのは多真上だ。

「上向いて飲むだけじゃ、体が安定しないだろ」

「こうか？」

「そうだ」

「つか、座って飲めばよくね？」

至極《しごく》当然の疑問を三丈は口にしつつも、結局二人で最後まで腰に手を当て飲み干した。

中学二年の冬休みのことだった。

「アキさん？」

呼ばれているのが自分であると気づいた三丈《みたけ》は、はっとなった表情を向けた。小皿のキムチを取ろうとした箸《はし》を止めたまま、いつの間にかぼんやりしていた。

何度か声をかけたのかもしれない。テーブル越しの須田《すだ》は、目が合うとほっとした笑みを浮かべる。

金曜の夜、仕事帰りの須田を焼肉に誘った。声をかけたのは三丈からだけれど、この後『ラズベリー』へも来てくれるというので同伴出勤だ。

和風の半個室のテーブル席は、焼き肉店とは思えないほどしっとり落ち着いた雰囲気で、クリーンな空気も女の子とのデートに使うには向いている。ひらひらしたブラウスの袖《そで》を煩《わずら》わしく思いつつ、三丈が鉄板の肉に箸を伸ばそうとすると、須田がトングで裏返してくれた。

「あ、ありがとうございます」

「アキさん、こっちの塩タンはちょうどよく焼けてますよ」

肉の面倒まで人に見てもらう焼肉は初めてだ。どうにも落ち着かないけれど、品のいい店にはちょうどいいのかもしれない。

――やっぱ、あいつとじゃなくてよかったわ。

多真上《たまじょう》は肉を一枚ずつ丁寧に焼くような上品さは持ち合わせていない。ガタイの分だけ食い意地の張った男との焼肉は戦争だ。前に三丈が大事に焼き加減を計っていた牛タンをヒョイと奪われたときは、一触即発《いっしょくそくはつ》の状況になった。

『おまえがさっさと食わねぇからだろ』

『こっちはあと五秒焼こうと思ってたんだ。テメエみたいに生で食えっか』

『生じゃねぇ、半生だ！』

『大して変わるか、ボケ！』

あと二、三言応酬《おうしゅう》していたら、『表に出ろや！』となったことだろう。チープな焼肉店の、さらにチープな食い放題であることを同時に思い出し、我に返った二人は気まずい思いで矛《ほこ》を収めた。ケンカにならぬよう、びっしりと鉄板には新たな肉を敷き詰めた。

「アキさん、本当にお肉が好きなんですね」

金髪をぎこちなく手で押さえつつ塩タンを口に運ぶ三丈は、言われて小首を傾《かし》げる。

「……え？」

「いや、今なんだか嬉しそうに笑ったから」

「笑って……ましたか、自分？」

気づかなかった。それどころか、口に入れた柔らかで美味な肉の味すらよく把握《はあく》していなかった。

なにも、楽しい記憶など振り返ってないはずなのに――

スーツの男の手がトングを握り、新たな肉をアキのために鉄板に広げるのを見つめて思った。

ゆったりとした食事は肉の味を味わうには最適だったけれど、量も食べないうちに腹が膨《ふく》れて、後半は苦しかった。

「アキさん、あまり食べませんでしたね。今日はごちそうさまです」

店の出口で三丈がトレンチコートを羽織《はお》る間、小さなバッグを持ってくれていた須田はそう言って微笑《ほほえ》んだ。

「あ、いえ、いただきものの食事券ですし。それに須田さんにはこないだステーキをごちそうになりましたから」

「ははっ、お礼ですか？　そういうの、珍しいと思いますよ。僕は客で、アキさんは……お店の女の子なのに」

変だったか。たしかに変かもしれない。客が一方的に貢《みつ》ぐという関係は、三丈にはどうも違和感で慣れない。

三丈の気持ちを察したかのように、須田はシルバーフレームの眼鏡の縁《ふち》を弄《いじ》りながら、ぼそりと告げる。

「アキさんのそういう律儀《りちぎ》なところも、いいなと思います」

「……どうも。あ、ありがとうございます」

「行きましょうか」

バッグを受け取ると、空《あ》いた右手をそっと取られてちょっと驚いた。須田が積極的にアキに触れてきたことなど初めてだ。勇気を出して手を引きながらも、「すみません」と何故か謝ってしまうのがこの男らしかった。

少し後方を歩く三丈にも、須田の顔が赤らんでいるのはわかった。

——べつに減るもんでもねぇし、いっか。

手を繋《つな》いで歩く裏通りは、店にいる間に雨が降ったらしく路面が濡れていた。場所は駅前の繁華街の一角で、『ラズベリー』へは徒歩で十分とかからずに着く。

「もうお店に行かないとですよね？」

名残惜《なごりお》しそうにぼそぼそと問う須田に、「お茶をする時間くらいなら」と応《こた》えた。大通りに出てすぐに目に留まったのは、交差点の角に面した、こないだ多真上を見かけたカフェだ。

無意識に店内に視線を走らせる。時刻は八時半過ぎで客は少なくないけれど、とりあえず窓際に知った姿はない。

「ここにしますか？」

須田の声に頷こうとして、三丈の目は店の出入り口に釘《くぎ》づけになった。

いないとばかり思った男が、ちょうどドアを押し開けて出てくるところだった。昼間学校で会ったときと同じ、制服姿。もうコート着用の生徒も増えた十二月だというのに、相変わらずのブレザーだ。

後にはぴったりと続くように、あの日見かけたセミロングの黒髪の女が出てきた。俯《うつむ》き加減のコートの女はストールを首に巻くのに忙しくて気づいていないが、多真上とはばっちり目が合った。

「アキさん?」

「あ……違う店にしませんか。ここはちょっと……カフェならあっちにもたしかよさそうな店あるんで」

反対方向へ、繋いだままの須田の手を引っ張る。逃げたわけじゃない。今はアキであるから、知り合いの顔をするほうがおかしい。

一瞬の判断で目を逸《そ》らした。やや強引に須田を先導して歩き、信号に捕まり足を止めたときだった。

右の手首に衝撃が走った。遠慮がちに繋がれた須田の手の感触とは比べ物にならない、圧倒的な力。すべてを上書きしてしまうほどの力が、三丈の手を奪うように引《ひ》き剝《は》がす。

「なっ……」

見開いた目に多真上が映った。

いつの間にかすぐ傍《そば》に来ていた男を仰《あお》ぎ、三丈は息を飲む。なにより、街灯を背にしながらも鋭《するど》く光る眼差《まなざ》しと、手首をギリギリと摑む力に驚いて声が出なかった。

言葉もなかったのは、多真上のほうも同じだ。

呆気《あっけ》に取られる間もなく、ぐいっと無言のまま強く身を引かれた。多真上は須田の反応を窺うことさえしない。連れていた女がどこにいるのかもわからない。ただ真っ直ぐに、三丈の手を引っ張り歩き出した。

「アキさんっ！」

焦《あせ》って声を上げた須田のほうを、一度だけちらと振り返った。どうすればいいかわからないまま、三丈はバッグを持った左手を一瞬振るように動かした。呆然となる男の顔が遠退《とおの》く。

「たっ、多真……なにっ、なんなんだよ、おまえっ……ちょっとっ」

加速する勢いは、歩みを走りへと変えた。引《ひ》き摺《ず》られるようにして、金髪を風になびかせ、パンプスの踵《かかと》を鳴らして三丈も走った。途中からは自《みずか》らの意思で。

——なんでまた、こいつ訳わかんねぇことになってんだ？

今まで何度も抱《いだ》いた疑問の答えが、ふといつもよりもずっと近い位置にある気がした。

長梅雨《ながつゆ》でも始まったかのようにジメジメと不機嫌の続く男。始まりが三丈のバイトにあるのは間違いなく、『ラズベリー』のルリノはそれを嫉妬だと言った。

嫉妬。誰が、誰に？

勘ぐりに歪《ゆが》め見ることなく、素直な目で受け止めてしまえば、おのずと答えに辿《たど》り着《つ》く。

急に勉強をすると言い出した理由だって、多真上は最初に尋ねたときから包み隠さず語っていた。あまりに面白味もないからと、勝手に家庭教師を疑ったりしたのは自分だ。

多真上は言った。

サラリーマンになりたいのだと。

そうだ、あれほど嫌った花をくれた須田のように――

「多真上っ！」

あの晩、一人で走り抜けた道は止《や》んだばかりの雨の匂いがした。濡れた路面がぼんやりと照り返す街灯の明かり。繁華街を抜けるに連れて光は減っていき、夜が深まる。感じるのは強まる風の冷たさと、それから焼けるように熱い体温。

ぎゅっと繋がれた部分が痛くて熱い。走り続けて肺が軋《きし》み、あの晩と同じく苦しいのに、胸苦しさの中に妙な心地よさがあった。

ドキドキする。

こういうのなんて言うんだっけ。

川沿いの道に出れば、走る体に合わせて沙沙涅《ささね》大橋の明かりが揺れて見えた。まるで己《おのれ》の帰る場所であるかのように、多真上がそこへ向かっているのは途中からわかった。

土手を降りる間際になってようやく歩きに戻った。橋の下はいくつかの『家』から弱い明かりが漏《も》れており、住民たちの気配を感じる。奥のテーブルでは恒例《こうれい》の酒盛りもしているようだ。

小屋の前に辿り着き、入り口に背中をドンと乱暴に押しつけられると、弾《はず》みにパンプスが片方脱げた。三丈は煩わしげにもう一方も蹴《け》り捨《す》てる。

「たっ、多真上っ、どういうつもりだっ？」

ようやく正面から顔を見据《みす》えることができた。息はまだ互いに上がっており、言葉の代わりのようにしばらく睨み合ってから再び口を開く。

「お勉強はどうした？　美人家庭教師はいいのか？」

「美人……なんの話だ？」

「さっき一緒にいた女だよ。噂の家庭教師なんだろ？」

低い声が吐き捨てるように答える。

「ああ……いい、どうでもいい」

「どうでもって……」

酷薄《こくはく》な返事にぞっとなった。多真上は時折この世の他人の存在はどうでもいいんじゃないかってほどに、冷たい反応をするときがある。ズレたマイペースさは、世界がきっと狭くて、他人が視野に入りづらいがゆえなのだろう。

けれど、たまに感じた。

自分だけが、そのひどく狭い視野に紛《まぎ》れ込《こ》んでいることを。

「ひ、人でも殺《や》りそうな目ぇしてるぞおまえ」

返事はなく、至近距離からの獣《けもの》のような眼光《がんこう》は揺らぎもしない。

「はは、殺すなら俺とか？」

「…………」

「わっ……」

ガタガタと背中の引き戸を抉《こ》じ開《あ》けられ、支えを失った体が中へと落ちるように転がり込んだ。

「ちょっ、マジかよっ」

後を追うというより、押し倒してくる。握ったままだった女物のバッグが左手を離れ、いくらも奥へと行かないうちに床に尻餅《しりもち》をついて頭をどこかへぶつけた。壁に吊り下げた生活用品が振動に音を立て、いくつかは落ちたようだ。

「……三丈、おまえあいつとやったのか？」

ギリギリと歯ぎしりでもしそうな勢いで馬乗りになる男は問う。思考が突飛《とっぴ》すぎて、この期《ご》に及んでも瞬時《しゅんじ》にはなんのことだかわからなかった。

「……勘弁してくれよ。ヤるわけねぇだろ、俺男だっての。チンコついてんの見たら、あの人ショックで勃《た》たなくなるんじゃね？」

嘘も誤魔化《ごまか》しもない。必要がないほどに本当だ。腕を床に押さえ込まれた三丈は顔を背《そむ》けつつ答える。

「どうしてくれんだよ、バイトもこれから同伴出勤の予定だったのに……なに勘ぐってんのか知らねぇけど、あんなん焼肉行って、ちょっと手ぇ繋いで歩いてただけだろ。ほら、減るもんじゃなし？」

「……減る」

「え……？」

「減るって言ってんだよ」

顔が一層《いっそう》近づいたかと思うと、痛みに襲われた。

「いっ……耳に噛みつくなっつってんだろうが、テメーはっ！」

逃《の》げ退こうと全力で身を捩《よじ》らせたら、頭をぐいと床に押しつけられた。金色の長い人工の髪が床上で打ち乱れ、多真上は構わずに三丈の耳に照準を定める。

「……痛っ！」

左の耳たぶに激痛が走った。

ガリッと前歯で挟《はさ》んで抜き取ったものを、多真上は見せつけるでもなく、ゴミのように傍らにペッと吐いて捨てた。

二本のダイヤのピアスだ。

「クソが、人のモンに勝手に印つけてんじゃねぇっ！」

ムカツク、ムカツク、ムカツク。多真上から嵐のような激しさで迸《ほとばし》る感情は、それ以上の言葉などなくとも形を成して、身の下にいる三丈へバラバラと注《そそ》がれる。

開いたままの戸口から差し込む、薄ぼんやりとした光源《こうげん》でもわかる。ケンカでもこんな形相《ぎょうそう》の多真上は見たことがない。眼差《まなざ》しから、全身から怒気《どき》が溢《あふ》れていて、怖いほどなのに目を奪われる。

当たり前の疑問すら言葉にできなかった。

自分は多真上のものだったのか？

いつから。

このところの不機嫌も情緒不安定も、左耳に噛みつくのも、そうだと認めればすべてストンと理由が落ちてくる。

多真上が自分に惚れているのだと思えば。

——やべぇ、こいつ本気だ。

「…………まじか」

「なにが？」

「いや、だっておまえ……」

自分で痛めつけたくせして、血が滲《にじ》んでいるらしい耳たぶを、多真上は困ったようにぺろりと舐《な》めた。何度か舌をひらめかせ、それからやり場を求めるように首を傾け、三丈の唇を舌先でちろっとなぞる。

キスがあまりに極自然な流れに思えて、こないだのように身構える隙《すき》をなくした。

舌先が触れただけでも熱いとわかる。濡れた柔らかなものは、三丈の唇を左から右へとなぞり、それから互いの唇が押し合わされた。

「んっ……」

押しつけ、離してはまた重ね、抉《こ》じ開《あ》けるように口を開いてくる。唇を捲《めく》られれば、キスが深まるのはあっという間で、舌を食《は》んできつく吸われた。痛い。食いちぎられるかと思った。

抗議するように男の黒髪を掴み、闇雲《やみくも》に引っ張る。全部引っこ抜いてやるとばかりに力を籠《こ》めれば、舌を吸引する口腔《こうこう》の力が解《ほど》けた。

「……ぁ…は…っ……」

睨《にら》もうとするとすぐにまた距離が縮《ちぢ》まり、今度はぬるんと優しく舌を擦《す》り寄《よ》せられた。

「ん……んっ……」

学習したのか、ちょうどいい具合に心地よくなったキスに、つい三丈も応えてしまう。

互いの開いた唇の間で、舌と舌をぴとりと押しつけ合い、ねっとりと擦《す》り動かす。次第に深く重ねるに連れ、探る距離は広がった。歯列《しれつ》をなぞり、歯の裏まで舌を伸ばして、ざらつく上顎《うわあご》を奥まで辿《たど》ってはまた舌を絡《から》みつける。

口腔の造りなんて、人それぞれと言っても大まかには変わりがないはずなのに、『多真上はこんな感じなのか』と納得するように思った。その感触も、温度も、求める動きも。ずっと傍《そば》にいたのに初めて知った。

「んっ……は…っ、ん……」

ハッハッと短く紡《つむ》ぐ息で胸を喘《あえ》がせる。

泳いででもいるみたいだ。時折水面に顔を上げては息継《いきつ》ぎをする。鼻先が互いの頬にぶつかる。鼻からの呼吸だけでは足りずに、解けた唇の僅《わず》かな隙間から酸素を吸い込み、また口づけを続行した。

何度も角度を変えて舌を絡め合ううちに、唾液《だえき》が溢《あふ》れる。唇を濡らし、尖《とが》った顎へ向けて伝い、不快なはずなのに気づく余裕がない。頭がぼうっとなる。きっと脳細胞のいくらかが死滅《しめっ》した。ただでさえ、活発な細胞でもないのに。

「……はぁっ、くそ……」

「三、丈……」

「……は…っ……やべぇ」

なにがやばいのかわからないまま、言葉に変える。

「あっ……」

いつの間にか重なり合っていた腰がぐりっと擦れ、三丈は潤《うる》んだ眸《ひとみ》を見開かせた。

互いの衣服の下のものは、激しく強張《こわば》り、ちょっと触れただけでわかるほどに興奮している。

自分もきっちり勃起《ぼっき》させているくせして、多真上の欲情に戸惑わされた。

「ちょっ……と、待っ……」

するっとタイトスカートの中へごつごつした手を忍ばされ、女の格好なのを思い出す。熱い大きな手はストッキングの上をぞろりと這い、邪魔な膜《まく》だとでもいうように指を立てた。

「なっ……なに考えてんだ、おまえっ」

くぐもる声が、欲望を露《あら》わにする。

「……やりてぇ」

「俺、男だぞっ！」

「……だからなんだ？」

「なにって……っ……ぅ…ぁっ……」

女のスカートの下でアンバランスに中心を突っ張らせたものを、下着ごと掴んで揉まれ、途端に息が弾んだ。焦って力任せにバンバンと男の胸元を叩く。

「たっ、多真…上っ……まて、待てっ……つか、『やりてぇ』の前に言うこと、あんだろっ、テメ…エはっ！」

「言うこと……」

「……べ、べつに……言えばやらせるとかっ、そういうんじゃね……けどっ！」

押《お》し留《とど》めようと突っ張らせた三丈の左手を、多真上は右手で捉《とら》えた。

頭上で床へと縫《ぬ》い止《と》められる。

「……三丈」

三丈は心臓を壊れそうに早く収縮《しゅうしゅく》させた。どうしようと思った。『好き』とか『惚れてる』とか、安っぽい告白をされたら。どうしよう。『気づかなかったけど、おまえが大事だ』とか『誰にも渡したくねぇ、俺のものになってくれ』とかさらに全力で口説《くど》かれたら。

どうしようじゃねぇだろ、俺。

考える余地あんのか。

あんのかよ――

口説かれる自分を想像したら、性別エトセトラの山を成す問題はぐぐっと脇に寄せられ、余地とやらができあがりそうな予感がした。ちょうど人一人がどかっと座れてしまいそうな空間だ。

「三丈……」

動揺のあまり、思わずぎゅっと目を閉じた。

長く美しい睫《まつげ》を震わせ、らしくもなく胸を高鳴らせて待つ三丈に、多真上が寄越したのはシンプルな言葉だった。

「殴らせろ」

目を開いた。

謎の文句だ。顔を見ても、頭に入って来なかった。

「……は？」

「前にツケといた一発だ。今、殴らせろ」

「……はぁっ？　ちょっと……意味わかんねぇんだけど」

――いや、かなり本気でわからない。

思考が突飛で行動は本能のままで、変わった奴であるのは重々知っていたけれど、ここまでだとは想定していなかった。

「おまえがそんなに嫌なら、気絶させてからやる」

「ますますわかんねぇよ！」

わかってたまるかと睨み上げれば、『気ぃ失ってる間に終わっちまえば、おまえも覚えてなくてすむだろ』と、気遣いなのかなんなのかよくわからない謎の理論を展開され、横たわっているのに眩暈《めまい》がした。

「あっ、アホかっ……ちょっ……やめっ、なにしてっ、脱がすなっ……脱がすなってっ、触んなバカっ、だからっ、やめ……っっ！」

ぐいぐいと迫《せま》る男に、スカートの下のものを取り去られた。協力するつもりもないのに、浮かせた足先から抜き取られ、ただでさえ女の格好で頼りなくスースーしていた下半身が剝《む》き出《だ》しになる。

――マジかよ！

コイツ、人のケツ穴にチンポ押し当てやがった。なに普通に『おじゃまします』って感じにぬるぬるしたデケエもん擦りつけてんだよ。つか、どんどん濡れてきてるし、ガマン汁垂《た》らして準備万端《ばんたん》っててか！　こっちは全っ然準備できねぇよっ！

「はっ……入るわけねぇだろうがっ！」

パニックのあまり、闇雲に足をバタつかせて蹴り上げた。腹に膝《ひざ》を入れられても、多真上は今はそれどころではないとでもいうように、苦しげに眉根を寄せるだけで怯《ひる》まない。

小さな小屋は軋《きし》んで、土台から浮きそうなほどガタガタ鳴った。このまま壊れてしまえば、目の前のバカも諦めるかと思ったけれど、ささパラの住民たちにホモってるところを目撃されるなんて絶対ゴメンだ。

「たっ、多真上っ……！」

「……やっとかねぇと、おまえフラフラして危なっかしいだろうが」

「危ねぇのはテメエだっ……既成事実の前にっ、話し合うことあんじゃねぇのか？　いや、だからっ……話し合っても『うん』なんて言わねっ……言わねぇ、けどもっ」

「遠慮なくぶちかませって、俺を盾《たて》にしたとき言ったろう」

「そりゃ、殴る話で…っ……」

殴らせるどころか、三丈のほうがさっきからボコボコに多真上を足蹴《あしげ》にしている。このままズレた歯車は噛《か》み合《あ》わず、不毛なやり取りが続くかに思われたときだ。

ボコッと一発、多真上のパンチが綺麗に鳩尾《みぞおち》に入った。

「……う…ぐっ」

三丈はくの字に体を曲げて呻《うめ》いた。

「この…やろっ……」

コイツ、マジで殴りやがった。メチャクチャすぎると腹を抱《かか》えて苦悶《くもん》の表情を浮かべるも、意識の遠退《とおの》く気配はない。

「気絶……しねぇか。加減しすぎたか？」

呆然と己の拳《こぶし》を見つめる男の下から、チャンスを得たとばかりに三丈は這い出す。ささパラのミケともあろうものが、這《ほ》う這《ほ》うの体《てい》だ。

しかし、勝利は勝利。

「……ははっ、今ので一発だかんなっ、二発目はねぇぞっ！　これで貸し借りナシだっつーの……」

腹の痛みも忘れて勝《か》ち誇《ほこ》り、暗がりの中でバッと立ち上がった瞬間だった。

ゴツンと鈍《にぶ》い音が小屋に響いた。

忘れたのは腹を打たれた痛みだけではない。天井の低い梁《はり》の存在も頭から完全に抜け落ちており、金髪の後頭部を打ちつけた三丈の意識は『あ』と思う間もなく暗いところに攫《さら》われた。

どのくらい気を失っていたのかわからない。

「……あ?」

目を開けると部屋が明るかった。三畳《じょう》足らずの小さな自分の家。天井から吊り下げた工事用ライトのような電球一つの照明が灯っており、消し忘れて眠ったのかと一瞬思った。

同時に腰の辺りにじっとりと濡れた不快感を覚え、『やべ、漏《も》らしでもしたか!?』と焦って頭を起こし見る。

ギクリとなって身を強張らせた。人の股の間に、断りもなしに佇《たたず》む男の姿。今まさに一仕事終えたところだかなんだか知らないが、上がる息に上下している多真上の肩には、自分の左足が無造作に引っかかっている。

「あ、悪い……」

なんて状況もわからないまま反射で呟いた。三丈はもちろん乗せた覚えなどなく、腰まで捲《まく》れ上《あ》がったスカートから伸びた太腿《ふともも》の白さにぎょっとなって足を下ろす。

「おまえ、なにやってんだ……ていうか……」

手をついて半身を起こすと、姿勢を変えた弾みに身の奥から生温い感触が下りてくるのを感じた。

なにが起こったのか、把握したくもないのに瞭然《りょうぜん》となる。『漏らした』と錯覚するほど濡れた股間に、目に飛び込んで来る生々しく事後のフルチンな多真上に自分。ご丁寧に傍《かたわ》らにピンクのボトルが倒れていた。いかがわしげな色のボトルは、前にオナニーに誘ったときに『使うか？』と尋ねた貢《みつ》ぎ物のローションだ。

あのときは結局使わずに終わった中身が、残り少なに見えるほど減っている。おそらく今、不快に自分の身を濡らしているものの正体の半分。

あとの半分は――

「……ありえねぇだろ」

「三丈……」

「なに考えてんだ、テメエは……やりてぇって言って、マジで寝込み襲う奴がどこにいんだよ」

衝動的に引っ摑んだボトルを、男の胸元に投げつける。ろくに痛くもなかったに違いない多真上はポカンとした間抜け面で、勢いよく跳ね返って床へ戻るそれを目線で追った。

「……クソ野郎が」

三丈は吐き捨てるように言い、引き寄せて抱えた膝の間に溜め息を零《こぼ》す。

「おまえなぁ、人殴って気絶させて襲うって、普通にゴーカンだろうが。傷害つきのな。呆れすぎて反応に困るわ、俺」

生まれて初めて知る類《たぐい》の動揺だった。

驚き。焦り。怒り。よくわからない。不思議と嫌悪《けんお》とは違うなにか。けれど、過程もわからない得体の知れない滑《ぬめ》りが、自分の内から溢れてくるのは純粋に気持ちが悪い。

使ったローションなのか精液か。『中出しとかありえねぇ』と動揺しつつも、どらちでもいいと思った。どちらでも、こうなったら誤差《ごさ》みたいなもんだ。

――俺の体かと思ってテキトーしやがって、扱《あつか》いが雑にもほどがあんだろ。

「三丈」

バカの一つ覚えみたいにさっきから名前だけを呼ばれている気がする。そんな不安そうな反応するくらいなら、どうしてもっとちゃんと順序を守れないのか。

苛立ちをよそに、見れば多真上は驚いたように目を瞠《みは》らせていた。

「……三……丈」

「あ?」

「おまえ、泣いて……」

そんなわけあるかと目元を擦ったら濡れていて、びっくりした。息を吸ったらズッと鼻まで鳴った。

感情がだいぶ遅れてついてきた。

『あれ、そっか。やっぱこれって哀しいんだ』と自覚したら、どんどん哀しくなってくる。ガンガン泣けてきた。涙がぼろぼろ溢れてきて、『めんどいから、誤魔化《ごまか》すのはナシでいいや』と、もてあます感情になにもかも投げ出したい気分に陥った。

「泣いてっけど、だからなに?」

べつに『強くありたい』とか、『男たるもの涙は見せるな』とかそんな拘《こだわ》りを持って生きてきたわけでもない。今まで、泣くほどの思いに捕らわれなかっただけで。辛いことならそれなりにあったはずなのに、不思議といつも涙は出なかった。

なのに、今は哀しい。

「なにって、おまえ……」

「触んなっ！」

細かく震える肩に触れようとした手を、払い落として一喝《いっかつ》する。

泣き顔におろついている多真上を、おかしいと思う。初めて見る表情は、さぞかしケッサクに違いない。でも笑ってやる余裕が今はなくて、いつもの余裕を奪った男への憎たらしさだけが静かに膨れた。

「ダチだと思ってた奴に、こんなわけわかんねぇことされて、哀しくねぇわけないだろ。なんなのおまえ……メチャクチャだし、テキトーだし、なんなんだよ」

「……適当にしたつもりはねぇ」

「これが適当じゃなかったら、どういうのがそうだってんだよっ⁉」

多真上が戸惑っている。それだけははっきりしていた。眼光鋭いはずの眦《まなじり》の切れ上がった双眸がフラフラと揺れ、その黒い眸の中で映り込む三丈も揺らいでいた。

「……おまえ、そんなに嫌だったのか」

絞《しぼ》り出《だ》すような声音《こわね》で男は口にした。

「はぁ？　嫌だって、最初っから何遍も言ったろ」

「けど、おまえ……嫌がってなかった」

「人の話聞いてんのか、嫌だって、何回も言ってんだよっ！　今も言ってんだろうがっ！　なのになに勘違いして……」

話の通じない悔しさに拳を握り込めば、皮肉なことに自分が抵抗しきれていなかったのを思い起こされた。

一度も本気で殴っていない。自分ならもっとやれたはずだ。なのに端《はな》から突っぱねることもせず、抵抗はぬるく名ばかりで、あまつさえキスには応えもした。

だから多真上は無意識に見透かして、受け入れていると誤解したというのか。

無様《ぶざま》な顔を俯ければ、ぼろぼろと落ちる雫《しずく》が眼下《がんか》のスカートを打つ。金色の人工物の長い髪は顔を隠すのにはちょうどいいが、濡れた頬に張りつけば不快だ。

三丈はもうわかっていた。自分に対して気づいていない振りはできない。『好きだ』と言って求められたなら、きっと受け入れてしまっただろうということ。それを間違いなく望んでいたこと。

だからこそ、この状況が許せない。

適当に奪われて悔しいのは、体なんかじゃなく――。

「……なんなんだよ、もう。こんなんひでぇだろ」

声を発すれば、格好悪すぎるしゃくり上げがヒクっと息遣いに混じった。『いい年してなんだよ』と呆れたが、三丈は十七歳だ。未《いま》だ青臭いガキであるのをこんなことで思い知らされるなんて、ますます腹が立つ。

「三丈……」

「許さねぇよ」

重たい口を開きかけた男の言葉を遮《さえぎ》る。自分が奪われたものの仕返しのように。掛け違えて取り戻せなくなったものの代わりに、叩きつけてやった。

「多真上、おまえの顔なんか見たくもねぇ。嫌《きれ》ぇだわ、二度と俺の前に面《つら》見せんな！」

蹴り出すまでもなく、三丈が追い立てるままに多真上は小屋を出て行った。

言葉はなかった。

ぴしゃりと扉を閉め、奥へと戻る。といっても数歩で最奥《さいおう》の壁に到着する小さな家で、途中吊り下げている電灯に肩をぶつけもした。大波に攫われたように揺れる光の中、ずるずると壁に預けた背を這い下ろして、そのままへたり込んだ。

汚れた股の間は気持ち悪くて、乱雑に抜き取ったティッシュでごしごし拭《ぬぐ》った。腰の奥に、まだなにか挟《はさ》まっているような違和感がある。でも中出しされたわけではなさそうだ。ほっとしたような、やっぱりどうでもいいような感覚。

河川敷へ移り住んでからというもの、ケンカでは負けたことのない自分が、こんな情けない目に遭《あ》うなんて。悔しいやら、腹立たしいやら——哀しいやら。

また少し泣いた。女々《めめ》しくなるのは、女の格好なんていつまでもしているからか。けど、アキのほうがずっと強《したた》かで逞《たくま》しいかもしれない。

泣いても多真上がいたときほどには涙は出てこず、ただ心にぽっかりと大穴が空《あ》いたような感覚だけが残った。今まで、それなりの哀しみを前にしても泣きそうで泣かなかったときのあの空虚《くうきょ》さに似ていた。

虚脱感。ゆらゆらといつまでも揺れていた電灯の動きが治まっていくに連れ、今度はひたひたと迫《せま》る寒さを感じる。冷え切った板床の冷たさを、多真上がいる間は不思議と感じなかった。体温のバカ高そうな男だ。

寝袋に入るには着替えるべきだけれど、まだまともに動く気になれず、端に押しやられてしまっていたラグ代わりの毛布だけを手繰《たぐ》り寄せた。引《ひ》き被《かぶ》っても大して温まらない。寒々しい風の音がうるさいと思ったら、風ではなくまた雨が降り出したようだった。

よほど風向きが悪くなければ小屋まで雨は届かない。けれど、サアサアと鳴る音はよく響く。河原の石を打ち、枯れた葦《あし》の葉を揺らす冷たい雨。増水した川の流れさえすぐ傍《そば》へ迫っているかのように感じ、三丈は毛布の中で膝を抱き、引き寄せた裸足《はだし》の足先を小さく丸める。

身を縮《ちぢ》めても、寒さも雨音も遠退《とおの》いてはくれなかった。

「早く冬休み来ねぇかなぁ～」

十二月ともなると、学校ではどこからともなくそんな声が聞こえてくる。

クラスメイトの他愛《たわい》もないぼやきに、登校してきたばかりの三丈《みたけ》は内心同意しつつ教室をよぎる。べつに楽しみな冬休みも待っていないが、今日ほど学校に行きたくないと思った日もなかった。

『二度と顔を見せるな』なんて突っぱねても、訪《おとず》れる月曜の朝。週末の二日間の休みはちょうどいい冷却期間どころか、溝《みぞ》だけが深まったようなものだ。こんなとき同じクラスで席まで近いのは逃げ場がなかった。

期末テストを数日後に控《ひか》えているのもあるが、三丈は成績は悪くとも授業はサボらないようにしている。ただでさえワケアリ生活なのに、教師に余計な目をつけられるような行動は避けたい。

だいたい自分のほうが逃げなくてはならない謂《いわ》れもなかった。

朝のホームルーム前の時刻。窓際の後方の席に辿《たど》り着《つ》いた三丈は、机に鞄《かばん》を荒っぽく置き、どかっと席に腰を落とした。不機嫌も露《あら》わな態度に周囲がビクリとなる中、先に来ていた前方の男は怖《お》じけづく様子もなくこちらを振り向く。

「三丈」

「前向いてろ、面見《つら》たくねぇつったろうが」

「あのな」

「十秒以内に面戻さねぇと殺すぞ、十、九」

「金曜の」

「八、七」

「悪かったと思ってる。三丈、すまなかった。俺はただ……」

「ゼロ」

カウントダウンをすっ飛ばし、ドゴッと前の席を蹴《け》り上《あ》げた。机の下からだが、本気の蹴りに多真上《たまじょう》の椅子も自分の机も激しく揺れ、周囲の生徒たちは男も女も息を飲んだ。水紋《すいもん》のように教室の隅々まで波及《はきゅう》し、朝の賑《にぎ》やかだった教室がシンと静まり返る。

浴びた注目は、一瞬遅れで入ってきた担任の女性教師の姿にどうにか散らされた。

「前を向いてろ」

冷えた声で放《はな》った一言に、多真上もようやく体を戻す。

もの言いたげな目をしていたが、ホームルームが終わっても、三丈のほうを振り向きはしなかった。望みどおりにもかかわらず、重苦しい空気を感じてしまうのは意識しすぎているからか。

三丈は溜め息をつくことすら憚《はばか》られる思いで、始まった英語の授業の教科書を開く。

当然、内容は頭に入ってきやしない。視界から外しようもない、グレーのブレザーの広い背中。目障《めざわ》りなデカイ体があるせいで勉強に身が入らないなんて、今まで一度もまともに身を入れようとしたことがないくせして考える。

だいたい縦《たて》にも横にも自分よりデカイ奴が、どうして手前の席なんだ。そう不満を抱《いだ》いたところで、代わってくれと頼んだのは自分自身であったのを三丈は思い出した。

多真上の後ろなら、居眠りしていても教壇から見えづらくてちょうどいいなんて。

『おっ、タマちゃんさすがだな。長身のイケメンはいい仕事してくれるな』などと、三丈が調子よく繰り出した褒《ほ》め言葉に、多真上は『イケメン関係ねぇだろ』と文句を言いつつ結局代わってくれた。

どうでもいいバカな記憶ばかりが頭に詰まっている。バカばかりコイツとはしていたからか。それとも、どうでもよくないことだから思い出してしまうのか。

結局、一時間目が終わっても、二時間目が終わっても、昼休みが来ても多真上は振り返らなかった。昼休みは居心地の悪さに三丈も教室を出て学食で飯を食い、よそで昼寝をしたのもあるけれど。

放課後も引き止められることなく帰路《きろ》についた。

帰宅の生徒たちが浮《うわ》ついた声を上げて楽しげに歩く道を、肩に軽い鞄を引っさげた三丈は、一人むすりと唇を引き結んで歩く。視線は自然とアスファルトに落ちた。

あんな朝の詫《わ》びですんだつもりか。最低でも土下座だろ、泣いて縋《すが》ってでも許してもらうんじゃないのか。

テメエの誠意はその程度かよ。

もやもやとした苛立《いらだ》ちが募《つの》る。

もしや、裏切り行為だなんて激昂《げっこう》している自分が、ただのケツの穴の小さい野郎なだけだったりして。

ケツ穴——こんなときに笑えねぇ。

そういえば、前に多真上は自分に、やりたいのなら尻を使わせてもいいようなことを言っていた。つまりあいつにとって、穴の貸し借りのハードルはえらく低いものなのかもしれない。『ちょっと寝てる間にそこのハサミ借りましたよ』程度のことなのかも。

——んなわけあるか。あっても納得できるか。

自分の尻はハサミでも糊《のり》でもない。そんなバカげたことを真剣に考えながら歩く三丈は、本当にぼんやりしていた。いつもは澄まし顔でそびやかすようにして歩く肩もすっかり落ち、しょんぼりとしか形容のしようがない有り様だったけれど、多少オーラが失《う》せたところで三丈は三丈だ。

駅前を過ぎると帰宅する同校の生徒たちのグループもバラけていき、一人きりで繁華街を歩けば面倒くさそうな連中に声をかけられた。

「おい」

何度呼ばれても気づかなかった。

「おいコラ、シカトしてんじゃねぇよ！」

「……あ？」

肩を摑《つか》まれ、ようやく振り返る。茶系のブレザーの制服、どこの高校の奴らかわからないが、どこでも興味がないから同じだった。

「三丈暁良だろ？」

おなじみの声かけにも三丈の反応は鈍《にぶ》い。失敬な男の手を振り払うでもなく、そのまま引きずるように歩く。足取りはけして軽くも、力強くもない。

「悪い、今は気分じゃねぇんだ。また今度な」

ひらりと片手を振る。『はぁっ⁉』と声が上がった気がするが、そのまま振り返りもせずにとぼとぼと歩き続けたのでよくわからない。『あいつ、本当にミケか？』なんて声も聞こえた気がする。

歩き続けて川沿いの道へ出て、橋の下の小屋まで帰り着くと、入口の脇のブロックの上に、ビニールに入った雑誌が置かれていた。住民の誰かがまた貢《みつ》ぎ物《もの》のエロ本でも置いていったのだろう。いつも多真上が椅子代わりにしているブロックは、暗黙の了解で差し入れ置き場にもなっている。

今は拾い上げる気にもなれず、扉を開けるだけで精一杯だった。寝ても醒《さ》めてもやりたい十七歳と言っても、やはり気力が伴《ともな》わないときはある。今がまさにそれだ。

制服も着替えないまま、小屋の中央にごろりと横になった。中央というか、真ん中しか居場所のない小さな部屋。落ち着くし、自分一人でいっぱいなのに満たされないのはどうしてだろう——なんて、理由はわかっているのに考える。

寝ようと思った。

なにも考えずに寝よう。それがいい。

寝て、起きて、朝が来て。

翌日も多真上とは言葉を交わさなかった。

その翌日も。教室での多真上は、手前の席に座っていながら一度も振り返ることはなく、休み時間も体を横に向けることさえしない。

押してダメなら引いてみろ。もしくは逆ギレで無視。あらゆる可能性を考えてはみたものの、イヤミも当てつけもできる男じゃない。そんなに器用じゃないし、バカだから小賢《こざか》しいことには頭が回らない。

――そういや、本当は頭悪くなかったんだっけ。

なんて、背後から無駄に広い背中を三丈は睨《にら》み据《す》えてばかりいた。

そうこうするうちに期末テスト期間に入り、学校にいる時間は短縮され、雑事《ざつじ》に囚《とら》われてばかりもいられなくなった。仲違《なかたが》いを察したクラスメイトの腫《は》れ物《もの》でも触るような空気も、いつの間にか元通りだ。

どんな状況も、続けばただの日常に変わる。

期末テストの最終日、多真上と久しぶりに言葉を交わした。テスト用紙が前から回ってくる際に三丈がすぐに気づかず、『おい』と渡され、『おう』と返した。普通だった。それ以上の会話もなく自分の机へと向き直る、親しくもない者同士の日常。

普通なのが気持ち悪く感じられた。


「……早く冬休み来ねぇかなぁ」

頭上を仰《あお》いだ三丈は、待ち侘《わ》びてもいないのに呟いてみる。

目を開けると曇《くも》り空《ぞら》と境の曖昧《あいまい》な灰色の天井が見えた。登る者もいないささパラのクライミングウォールは店番の必要もまるでなかったけれど、三丈は昼間からディレクターズチェアに座って過ごしていた。

週末を挟んで続いた試験が終わり、冬休みまで授業も短縮で帰りが早い。『ただでさえ暇な時間が増えた』なんて思うも、食い扶持《ぶち》を稼《かせ》ぐ必要のある人間が本来ダラダラと過ごせるはずはなかった。

『やっと繋《つな》がった～！』

数日ぶりに充電をして、電源を入れた携帯電話。ダウンジャケットのポケットに入れておいたところ鳴り出し、相手も確かめないまま出てみれば、責めるような男の一声が響いた。三丈は『あ?』と胡乱《うろん》な声を上げてから、『ラズベリー』のマネージャーだと気づいてはっとなる。

『アキちゃん、そろそろ出てもらわないと困るんだよ』

無断欠勤をした日を最後に、三丈は『ラズベリー』にも顔を出してなかった。すぐにテスト期間に入ったのもあるけれど、シフトを入れる気になれず、ずるずると引き延ばしにした。

理由は体調不良とかのでっち上げだ。期末テストだったとは言っていない。説明できない。三丈は大学生だと身分を偽《いつわ》り、年齢は二十歳で店には紛《まぎ》れ込《こ》んでいる。

『うちのシフトは自由効くっていっても、あんまり長く休まれるとね。お客さんにもアキちゃんいつ来るのって聞かれるしさぁ。ほかの子の休みも取りづらくなるし』

『困るんだよ』と繰り返されると、暇になってまで行かないとは言えなくなった。

店に迷惑をかけたいわけでもない。

夜、十日ぶりくらいにアキの格好《かっこう》で街に出た。ささパラにいると季節など気温で感じるだけのものだが、冬の街はイルミネーションでうるさいほどに主張してくる。

冬化粧のように光を纏《まと》わされた街路樹。駅前の主役となったクリスマスツリー。忘年会だなんだのと、夜の繁華街も賑わう時期で、マネージャーのぼやきももっともだ。

『ラズベリー』で客の相手をしていると、三丈も気は紛《まぎ》れた。閉店まで働き、久しぶりに常連客のアフターにも応じて、深夜まで食事だカラオケだと愛想《あいそ》を振《ふ》り撒《ま》いた。

翌日もなにもなければ出勤する予定だったが、夕方に須田《すだ》からメールが入った。

『会いたい』との連絡に同意した。一度詫びのメールを送ったっきり、須田に連絡はしておらず、あの夜の同伴を台無しにしてしまった罪悪感もある。

道端で置き去りのように別れたのだから、さすがに温厚《おんこう》な男も怒っていて当然だろう。三丈は謝るつもりで、アキの金髪ウィッグ姿で待ち合わせの駅傍《そば》のカフェに向かった。

夜八時。須田はいつもの会社員らしいスーツ姿で、約束よりも少し早い時間に来ていて、三丈が店に入ると立ち上がって居場所を示した。

「アキさん」

その表情が、苛立《いらだ》ちではなく安堵《あんど》であったことに驚いた。

「すみません、急に呼び出したりして」

「あ……いえ、私も一度ちゃんと話したいと思ってましたから。こないだのこと、本当にすみません」

窓際の二人掛けの席で向かい合った須田は、首を横に振った。のん気に同伴デートなんて雰囲気ではなかったものの、憤懣《ふんまん》をぶつけるでもなく、『元気そうでよかった』とアキへ気遣う言葉をかけてくる。

店員が近づいて来て、とりあえずコーヒーを注文した。視線を戻せば、小さなテーブル越しの須田は長い金髪と顔の間に覗く三丈の耳元を見ていた。

「彼に怒られたんですか?」

するっと放たれた一言を、不用意に受けてしまった。

ついピアスのない耳に手をやる。

「え……あ、違います。なくしてしまって、止めるキャッチ……」

嘘ではなかった。あの日、多真上が外し捨てたダイヤのピアスはすぐに見つけたが、小さい留め具のほうは、小屋の板床の隙間から地面に落ちたのか見当たらなかった。

けれど、須田は核心《かくしん》を突いてくる。

「二本とも?」

思わず応《こた》え損《そこ》ねた。実際、なくしたのは一つで、二つともつけなくなった理由を三丈は説明できない。教えたくないのではなく、おそらく自分自身が認めたくないからだ。

「アキさん、お店にずっと出てないって聞いて、心配しました。メールの返事もあれ以来なかったし」

「携帯、しばらく電源入れてなくて。ごめんなさい」

「携帯も取り上げられたの？」

「え……？」

「彼に取られたんじゃないんですか？」

どうやら須田は、多真上がとんでもなく横暴《おうぼう》な彼氏かなにかだと思い込んでいるらしい。

まぁ、ただでさえ強面《こわもて》のデカ男が、あんな形相《ぎょうそう》で道端で女を引《ひ》き剝《は》がして連れ去っては、まともな優しい男だなんて思わないだろう。

「そういうんじゃありません。彼はべつになにも……」

言《い》い淀《よど》む三丈に、須田は意を決したように告げた。

「アキさん、僕と付き合ってもらえませんか」

「え……」

「無茶を言ってるのはわかってます。でも彼と別れて、僕と……最初は交際じゃなくてもいいんです。考えてみてもらえませんか？」

強気に変わったように見えて、どうにも控《ひか》えめな言い回しをするのが須田らしい。勇ましい女に暴漢から救われるなんて非現実的な体験さえしなければ、きっとアキに惹《ひ》かれることもなかっただろうに。可愛らしい女の子と平々凡々、ささやかに見えて大きな幸せを掴む。そんな日本男児の中央値なサラリーマンになれたはずだ。

これからでもなれる。

「ごめんなさい、あの……私は告白される資格とかないから」

「告白に資格なんてないでしょう」

「あ、あります！　私の場合は付き合う、付き合わない以前の問題っていうかっ……」

「知ってます、アキさんが秘密にしてることなら」

やや身を乗り出し気味にして、須田は力強く繰り返した。

「知ってるよ」

「……やっぱり、最初っから気づいて？」

「こないだ彼を見て、そうかなって思うようになったんです。彼、高校の制服だったでしょ？

僕のことすごい目で睨んで、大人びた顔してたけど……もしかして、アキさんも成人してるってのは嘘じゃないかなって」

「え……」

まさか女装ではなく、年齢のほうとは思わなかった。

「お店に言うつもりはないけど……っていうか、お店はやめたほうがいい。僕ならアキさんに小遣い稼《かせ》ぎさせたりしない。僕ならちゃんと働いてるし、乱暴なことだってしないし、あんなっ……」

誤解を解《と》きたいだなんて思ったわけじゃない。ただアキを守ろうと言《い》い募《つの》る男に、抑《おさ》えきれず自然と言葉は飛び出した。

「……あいつはそんなんじゃない」

否定せずにはいられなかった。

あいつのことを、誰より知っているつもりの自分が。

「彼はあなたが思うような人間じゃない。ずっと……ずっと、傍《そば》にいてくれただけです。ただ、私の傍に」

歩く道が暗がりに沈むに連れ、吐き出す息が白く浮かんで見えた。

白く、白く。闇に溶ける。手を伸ばしても、そこにあるのに摑めない自分の呼吸の証《あか》し。

吐き出した頼りなく色づく水蒸気を散らしながら、三丈は前へと進んだ。街灯に照らされた川沿いの道に人影はなかったけれど、土手を下りて橋の下へ辿り着けば、今夜も小さな家々には明かりが滲《にじ》むように灯《とも》っている。

なにかに急《せ》かされるように一人戻った。須田とはカフェの前で別れた。多真上を庇《かば》う言葉になにを察したのか、『わかりました』とだけ応えた男は、きっともう店には来ないのだろう。

あれは噴き出した三丈の本音だった。今でも本心ではあいつを憎みきれない。他人に誤解されるのを我慢ならないと感じるくらいには、多真上のことを自分に近い存在だと思っている。

どうしたいのかわからないまま、三丈はとにかく多真上に会いたくなった。

あいつの中ではもう片のついたことで、関わらないと決めたのだとしても、自分自身が終わらせきれないのだからしょうがない。

電話をしても、多真上は携帯には出なかった。メッセージを送っても反応はない。とりあえず着替えて行こう。今になって焦《あせ》る三丈は、小屋の引き戸に手をかけようとして、暗い足元に突き出たものに足を引っかけバランスを崩した。

「いてっ……！」

『こんなとこになにが』と見れば、黒いコウモリ傘だった。傍《かたわ》らのブロックの上に積まれた品の中から納まりきれずに頭が飛び出しており、開けば破れた傘だ。

「くそっ、誰が。ゴミ置き場じゃねぇぞ」

勘違いする奴が現われても仕方ないのかもしれない。このところ無気力と怠惰《たいだ》な日々だった三丈は、ブロック上の貢《みつ》ぎ物《もの》すら片づけようとせず、冬場で野菜や果物は傷《いた》まないのをいいことに放置していた。

地蔵《じぞう》前のお供《そな》え物《もの》のように、リンゴやミカンまで転がっている。住民の好意を無下《むげ》にしたのを反省するくらいの気力は戻り、三丈は崩れた山を動かした。

一番下は最初に置かれていたビニール袋入りのエロ本だ。その上には正体不明の封筒。引っ張り出した一見なんの変哲《へんてつ》もない茶封筒は、厚みがありずしりとしている。

中味を確認して息を飲んだ。

「これは……」

札束だ。

銀行名の入った帯がついており、きっちり百万だろうと一目でわかる。添えられたメモらしきものを慌てて開き、また驚かされた。

大金を手に、背後に人の気配を感じてびくりとなる。焦《あせ》って振り返ってみれば、住民の中年の男が橋の下から出ようとしているところだった。奥のテーブルでよく酒盛りをしている面子《メンツ》の一人だ。

飲み過ぎでトイレにでも行きたくなったのだろう。住民の多くは、河川敷《かせんじき》の公園のトイレを借りている。

三丈はよたよたと出て行こうとする男を引き留めた。

「おっちゃん、これっ、これいつからここにあったっ⁉」

刺激の強すぎる札束は隠しつつ、封筒を見せる。男はひくっと喉《のど》を鳴らしながら、へらりと笑った。

「おう暁良、今日もおめえ別嬪《べっぴん》さんやなぁ」

「いや、ベッピンはいいから、これっ！」

「なんだ、そりゃ……手紙か？　見たことねぇが」

「じゃ、じゃあ多真上は？　最近、多真上が来てるの見なかったか？」

「タマ坊なぁ、おめえとケンカしてからさっぱりだわ」

さらっと返された酔っ払いの返事に、三丈は瞠目《どうもく》する。仲違いをしたとは誰にも話していないが、いつも一緒にいるところを見ていた住民たちにはしっかり察せられてしまっているらしい。

男はしゃっくりを繰り返しつつ、表に目を向ける。

「雨の日なら見たよ」

「え……？」

「もう二週間近く前になるか。そこんとこにずーっと立っててな。『なにしてんだ』って訊いても答えやしねぇ。雨に濡れてっから、せめて中に入れっつったんだが、あいつ頑《がん》として動こうとしなくてな……おめえの家をただじっと見てんだ」

そこと指を差しているのは、橋の下を出て五メートルほどの土手下だ。

呟くように放たれる言葉が、三丈の胸を打つ。

「あれからだろ、あいつ見なくなったのは」

三丈は着替えるのも忘れ、元来た道を辿った。

人気《ひとけ》のない道路。揺れる街灯の明かり。もどかしさに走り始めてすぐに女の格好《かっこう》をしたままであるのに気がついたが、小屋にはもう戻る間すら惜《お》しく思えた。金髪と白っぽいウールのコートの裾《すそ》を翻《ひるがえ》し、パンプスのヒールを鳴らして走る。

雨の夜。追い立てるままに出て行ったと思っていた多真上は帰らずにいた。

あの晩の寒さは覚えている。悔しくて哀しくて、心にぽっかり穴の開いたような夜。いくら毛布を引き寄せても寒くて、雨音は冷たく、表を見ずとも寒々しく感じられた。

雨の中、多真上はどんな思いでそこにいたのか。

傍にいた。あの夜も、ずっと。

金を置きに来たのは翌日以降だろう。教室で『話しかけるな』と最後通告のように言い放たれ、あんなところに黙って大金を放置して帰ったのか。

——バカだ。

今まで何度も思ったけれど、多真上をやっぱりそう思わずにはいられない。

『三丈へ』

悪筆《あくひつ》で書かれたメモには、文字に起こしてもぎこちない言葉が綴《つづ》られていた。

『すまなかった。こんなものですむと思ってるわけじゃないが、慰謝料だ。許せとは言わない』

——慰謝料って。

バカで、そして不器用な男。

「はぁっ……くそ、足痛《いて》ぇ……」

何事もなければ歩ける距離だが、繁華街へ向かう大通りへ出た三丈は、目についたタクシーを停めた。目指したのは高台にある多真上の家だ。

普段はまず近づくこともないその住宅街は、坂を上り始める手前から安っぽいネオンは一つもなくなる。河川敷の静けさとはまた違う空気で、邸宅なんて言葉の似合う広壮《こうそう》な住まいが建ち並ぶ、いわゆる高級住宅街だ。

三丈がタクシーを下りたのは、中でも一際大きな家の前だった。家というより高い塀《へい》の前で、前庭も広すぎて中の建物の様子は窺《うかが》いづらい。

「相変わらず、クソデケエ……」

門の前に立つだけで、ポカンとなって仰いでしまう。洋風の括《くく》りに入るのだろうが、要塞《ようさい》という表現のほうがしっくりくる。ガードの固い著名人の屋敷のような家だった。

当然、大金持ちである。けれど、あまりいい噂は聞かない。いかにもその筋《すじ》なスーツの方々が、黒塗りスモークフィルム貼りの高級外車で父親を迎えることもあるとか。

ずばりヤクザではないというが、どうだか怪しく、限りなく黒い稼業《かぎょう》には違いない。

多真上はそのせいか、親とはいつも距離を取りたがっていた。だから大学進学の話も、出世払いの家庭教師も驚いたし、まして帯つきの札束を用意するなんて信じられなかった。

個人的にポンと工面《くめん》できる金額じゃないだろう。父親に借りたのだとしたら、とんでもない足枷《あしかせ》を生んだことになる。

——自分なんかのために。

多真上にすぐに会って確かめたい、金も返したいと思いながらも、もう九時を回っていた。気軽にチャイムを鳴らせる時刻ではなく、かといって外からは様子すら窺えないお屋敷だ。

無駄に伸び上がってみたりと不審者よろしく路地を徘徊《はいかい》していたときだった。

不意に門の脇の通用口の扉が開き、中から地味なコート姿の中年女性が出てきた。やけに若く見える派手めの母親の顔なら知っているが、どうやら通いの家政婦のようだ。

「あっ、あのすみません」

声をかけてから、アキの金髪姿であるのを思い出した。

「む、息子……廉《れん》さんはいますか？」

訝《いぶか》る表情に焦りつつも、後には引けずになんとか愛想で乗り切る。

「坊ちゃんでしたら、走りに出られました」

「走りって……ランニングですか？」

「はい。もう三時間ほどになりますね。お戻りがいつになるかはちょっと……」

やや呆れたような反応は、よくあることだからかもしれない。

三時間もランニングって、フルマラソンでもするつもりか。家を訪《たず》ねてまで体力バカであるのを知らされただけに終わった。家政婦は帰宅して行き、三丈はしばらく待ってはみたものの、二十分ほどでその場を離れた。

ランニングでは持っていないのか、携帯電話にはやはり出ない。必死にならずとも、明日になれば学校で会える。落ち着かない気持ちを宥《なだ》めるように自分に言い聞かせつつ、坂道を下る。

安っぽい看板の店など一つもない住宅街も、少し行ったところに公園だけはあった。目を留めたのは、自販機もないベンチとブランコ一つ程度の児童公園に、なにやら不穏な輩《やから》が集団でたむろしていたからだ。

嫌な予感というより、馴染《なじ》んだ予感がするなと思ったら、案の定《あんじょう》声をかけてきた。

「おまえ、多真上の女だろ？　会いに来たのか？」

「……はぁ？」

「タマが金髪女と付き合ってるって話聞いたわ。へぇ、ウワサどおりの美人じゃねぇか」

どこでそんな誤解が生じたのか。多真上とは何度かアキの姿で一緒にいたし、手繋《つな》ぎで走るような真似もしたから、そのせいか。

「あの野郎、全然帰って来ねぇし、俺ら退屈してたところなんだわ」

「ふうん、待ち伏せとはいい趣味してるねぇ」

「いろいろあいつには礼が溜まってるんでね。暇だから、彼女さんにちっと相手してもらうか」

すっと前後左右を囲まれ、公園の中へと促《うなが》すように背を押された。物陰になるような場所はトイレらしき小さな建物しかない。さっと見回して確認した人数は六人。ファッションといい振る舞いといい、旧時代の匂いが相変わらずプンプンとする連中だ。

「……いいよ。こっちもあいつ帰って来なくて肩透かしだったんだよね」

三丈はすっとアキの表情で微笑《ほほえ》んだ。同時に背後に立った男の顔面へ、おもむろに頭突《ずつ》きを食らわせる。ゴッと鈍く響く不快音。避《さ》けるどころか身構える隙すら与えられなかった男は、後方へのめってその場に転がり、残りの連中はざわりとなった。

三丈も頭を抱《かか》え、軽く呻《うめ》く。

「あー、やべぇクラクラするわ。俺、あいつほど石頭じゃねぇし?」

ずれた金髪ウィッグを直す姿に、囲んだ男たちは目を剝《む》き、『げっ』という声が上がった。

「……み、ミケ?」

「おうよ」

「おまっ、おまえ、なんで女の格好して……」

「ワケアリでな。いろいろあんだよ、セブンティーンは。まぁいいじゃん、細《こま》けぇことは」

どこか楽しげに笑んで「そんじゃ、やっか」と三丈は指を鳴らし始める。最初に声をかけてきた安っぽく色を抜いた髪の男が早口に捲《まく》し立《た》てた。

「ちょっ、ちょっと待て、やっ、やるかどうか今決めるから!」

ケンカの前に円陣を組んで話し合い。なんともお間抜けな光景だったが、どうやらすぐに結論は出たらしい。

多真上をやるも、三丈をやるも同じとばかりに、襲いかかってきた。

「ミケぇっっ‼　テメエ、今日こそぶっ殺すっっ‼」

懐かしさすら覚えるセリフによくよく顔を見れば、リーダー格の男には覚えがある。いつもの学ランの制服ではなく、ヤンキーファッションの私服で気づかなかったが、何度となく『決着をつけろ』と迫《せま》って河川敷で乱闘していた奴だ。

公園の街灯の光の中に、ちらと見えた前歯は今も欠けている。

「……誰かと思えばハカケくんじゃねぇか。一人ずつ待ち伏せなんて、こすいことするようになったもんだなぁ」

「誰が歯欠けだっ！　山田《やまだ》だ、コラァっっ‼」

「山田って……また随分地味な」

「なんだとテメっ！　言っていいことと悪いことがあんだろうがっ、全国の山田に謝れやっ！」

「そりゃ、どうもスミマセン……」

ひょいとパンチを避けながら応える。いつもどおりの身のこなし。金髪のロングヘアになろうと、三丈のスピードも拳《こぶし》の力も変化はなかったものの、ただ一つの誤算は支えるべき足元が頼りなかった。

パンプスのヒールがぐらつく。さらには、コートのポケットにはこの場に相応《ふさわ》しくないものを押し込んでいた。

誰かがコートを引っ掴んだ。振り払おうとした拍子《ひょうし》に重たい茶封筒が落ち、三丈は『あっ』となる。

「しまっ……」

慌てて地面の封筒を引っ掴んだが、ポケットに戻す間もなく中身が飛び出した。

「……金?」

「なんだそりゃ、金じゃねぇかっ!」

金は人を変える。一目で大金とわかる札束に、連中はざわめいて目の色が変わった。揉《も》み合《あ》ううちに帯が切れ、風に舞い上がる落ち葉のように万札が飛ぶ。

「ちょっ、おまえら、人の金盗《と》んなっ……」

三丈も紙切れを守るほうへ意識を奪われ、はっとなったときには、腹へどいつかの膝《ひざ》が入っていた。息が止まるかと思った。肺に僅《わず》かに残った空気でも絞《しぼ》り出《だ》すように、『ひゅっ』と妙な音を喉から漏らす。

やべぇと本気で思った。来るとわかっていたが、避けきれずに続けざまにまた二発。腹と背中に食らった。踏ん張ろうとした足がぐらつき、体ごと傾《かし》ぐ。

堪《こら》えきれない。視界が揺れて、夜の闇が傾く。高台に構える公園は見晴らしもよく、ちょっとした展望台のように街の夜景を望めた。光を散りばめた景色が、世界をひっくり返したみたいに一瞬で回る。

「あ……」

気を失ったら終わりだ。そう思いながらも、無数の衝撃から身を庇《かば》いきれない。痛い。痛くて、しんどい。パンチだか蹴《け》りだか判別さえつかない暴行の中で、三丈は微《かす》かな光のようにその声を聞いた。

自分の名を呼ぶ、聞き馴染《なじ》んだ声。

「三丈っっ‼」

痛い、痛い、痛い。

人生最悪の痛みはいくつかあるが、あのときの痛みのことも三丈は忘れてはいない。

暑い日が続くようになった初夏のこと。橋の下の小さな小屋は熱気すら籠《こも》る日も増えたというのに、その晩だけはどこもかしこも冷たく感じられた。まるで冷気が木造の小屋のそこかしこから忍び込んでくる冬のように。

借りた布団の中で、中学生の三丈は華奢《きゃしゃ》な体を丸め、額《ひたい》に脂汗《あぶらあせ》を滲《にじ》ませて、夢と現実の境を行ったり来たりしていた。

「本当に大丈夫なんかね?」

「医者にも診《み》せたし、じきに治《おさ》まるって言ってんだから大丈夫だろう」

「入院させたほうがよかったんじゃねぇのか？」

「そこまでの金はねぇよ、みんな有り金出してくれたが……」

一人でも狭い小屋に、その夜は複数の人間がいた。

腹痛と嘔吐《おうと》がようやく治まりかけてもなお、布団の中で苦しげに身を縮《ちぢ》めて呻いている三丈を『ささねパラダイス』の住人は心配そうに見守っている。

最悪の夜だった。中学三年の一学期、三丈は食あたりを起こした。住民たちがカンパで集めてくれた金で病院へは行ったが、魔法のようにはよくならず、しばらく寝込む羽目《はめ》になった。

「……最初っから親に連絡したほうがよかったんじゃねぇのか？　ほら、保険の問題もあるし」

「連絡って、誰か知ってんのか？」

しばしの沈黙の後、老人のしわがれた声が応える。

「朝まで待て。暁良《あきら》が自分で決める」

大人たちの話し合いの間、ずっと小さな小屋にはしゃくり上げる微かな息遣いが響いていた。ひくっひくっと、見なくとも身を震わせているのがわかる声。

「おいおまえ、しっかりしろって。大丈夫だ、元気になっから」

誰かが、布団の傍に正座で蹲《うずくま》る黒い髪の少年の背中を叩く。励《はげ》ますように背を打たれた少年は、ボロボロに泣きながら言葉を零《こぼ》した。

「俺のせいで暁良が死んじまう」

食あたりの原因を作った多真上の声だった。

——死ぬか、バカ。

そう言ってやりたいのに声が出ない。重たい目蓋《まぶた》を開くこともできないでいる三丈は、ただその声を夢うつつのままに聞いた。

「暁良」

なにかが布団の上から身を撫《な》でる。

ベソをかきながらも、誰より三丈を心配して体をさする男の手のひら。布団を隔《へだ》てていても、その温かさが感じられるような気がした。

「暁良、ゴメン……ごめんなぁ」

脂汗を滲ませた白い額にこつりと押し当てられた指の感触。そろそろと遠慮がちに撫でる指の背から、僅《わず》かに触れ合った場所から、彼の不安や思いが伝わってくる。

——泣くな、バカ。

俺はこんくらいで死んだりしねぇよ。

早く泣き止《や》め。わかったから。

おまえが俺を……なのは、よくわかったから。だから、泣いたりしなくていいんだ。

ただおまえは、いつもどおりでいてくれたらそれでいい。

ただ、いつもどおりに。

目を覚ますと夜の静けさが戻っていた。

公園に人気《ひとけ》はなく、けれど自分以外は無人かと言えばそうでもなく、三丈の隣には風除《かぜよ》けのように寄り添う大きな男がいた。

地面に伸びてボコられていたはずなのに、気づけばベンチに座った格好《かっこう》で、隣の多真上《たまじょう》に体を預けていた。

「おまえ、いつの間に……」

久しぶりのまともな会話なのに、それすら忘れるほどに普通の声が出た。

山田《やまだ》たちはどうしたのかと問えば、多真上に軽くのされて逃げて行ったらしい。

「三丈《みたけ》、平気なのか?」

「ああ、ちょっとしくっちまったけどな。やっぱヒールはやりづれぇわ」

気まずい思いで口にした。ボコられて気を失って助け出されるなんて格好悪《かっこうわる》い。体は節々《ふしぶし》は痛んでいるがどうやら致命的な怪我はなく、それよりも体温の高い男に寄りかかっていた左半身がまだ熱いのが気になる。

こんな場所にいた理由を問われ、三丈はトクトクと鳴る心臓を持て余しつつ応《こた》えた。

「おまえ、小屋の前に勝手に大金置いてったろ？　全然気づいてなくてさ……あれだ、返そうと思って家に持ってってたんだよ。したら、なんか走りに出たっきりまだ戻らないって言われて」

「金って、これか？」

本当に走っていたらしい三丈は、黒地に青いラインの入ったウインドブレーカーの上下だ。さらさらと鳴る生地《きじ》のポケットから札束を取り出し、三丈に「ほら」と押しつけてくる。

拾い集めて取り戻したという金を思わず両手で受け取り、枚数を確認した。

「何万か足りねぇ……くそ、あいつらに持って行かれたか。しょうがねぇな……歯の治療費と思ってめぐんでやっか。俺がやったんだしなぁ。多真上、悪い、足りない分は後で返すから……」

「いらねぇ、おまえにやった金だ」

とりあえず戻そうとした札束を、多真上は当然のように受け取ろうとしない。ベンチにやや前屈《まえかが》みに座った男は、高台から見える街明かりを強情に見据《みす》え、三丈はぐいとその体に束を押しつけた。

「返す」

「もうおまえの金だ」

「返すって」

「いらねぇって言ってんだろうが、そりゃあ詫《わ》びなんだよ。俺のケジメっつーか、せめてもの気持ちで……」

「だったらなおさら受け取れるか！」

ぴしゃりと言った。多真上も大概頑《たいがいかたく》なだけれど、三丈だって意地っ張りだ。

「俺が欲しいもんはこんなんじゃねぇ」

続けた言葉は効果てき面だったようで、無視を決め込もうとしていた男の顔がこちらを向く。睨《にら》まれたと感じるほどに鋭い眼光は、目が合うと光が失《う》せて暗がりに溶け込むように陰《かげ》った。

「三丈……」

「こんなもん寄越すより、俺に言うことがあんだろ、おまえは」

受け取らされた札束に目を落とし、ぼそりとした声で多真上は打ち明ける。

「おまえが顔も見たくねぇって言うし、無視すっから、本当にもう近づかねぇほうがいいのかと思ってたんだが……」

それで散々《さんざん》悩んで頭を捻《ひね》った末のケジメが、ブロックの上の札束か。本当にズレたこの男らしい。

腹を立てるよりももう、しょうがないなという気分だ。最低でも土下座とか、そんなのはどうでもよくなっていた。子供でも言える『ごめん』の三文字が聞ければいい。もう一度、謝ってくれるだけですべてを水に流して、自分は許してしまうに違いない。

だって、自分は——

三丈はすっと夜の冷たい空気を吸い、男の顔を見た。覚悟を決めるほどのことでもないけれど、投げて寄越されるであろう言葉を受け止める準備をする。

放られたのは、予想と違《たが》えた言葉だった。

「三丈、好きだ」

多真上の目が真っ直ぐに自分を捕える。

「え……」

「おまえに惚《ほ》れてる。走ってる間、ずっと……おまえのことばっか考えてた。あーいや、走る前から……たぶんよくわかんねぇくらい前からずっと」

低くてぼそぼそと紡《つむ》ぐ声だったが、澄んだ空気の中では、どんな覚束《おぼつか》ない告白も明瞭《めいりょう》に届く。

背《そむ》けようとしても、その心の奥まで見通せてしまう。

——今か。

それ、今来るのか。

どこまでもタイミングをずらしてくる男だ。寒いくらいの気温だというのに、背中にどっと汗が噴いた。

「……ちょっと待て」

同時に熱くなった顔に手をやる。

「三丈、酷《ひど》いことして悪かった。すまなかったと思ってる。おまえはまだ……っていうか、許す気ねぇのはわかってるけど……」

「だから、しばし待てって！」

覆《おお》った手の下で頬がじんわり赤らんできているのが、三丈にはわかった。

告白なんて、実際に多真上からされてみると破壊力満点で、どう反応したらいいものかわからない。受け取るはずだった『ごめん』の三文字も、頭から綺麗に吹き飛んでしまった。

「……考えても最初からなんだよな」

隣で多真上は自問自答するように漏《も》らした。

「え？」

「毎日、走りながらおまえのこと考えて、おまえに惚れてんだって気づいて、そんでいつからだって……振り返ってみたんだが、やっぱり最初からとしか思えねぇ。けど、それは今みたいなやつじゃなかったはずだ」

「俺が女の格好なんてしたからじゃないのか？　そんで急に惚れてるとか、頭がエラー起こしてんだよ……案外、勘違いだったりしてな」

我ながら自虐的《じぎゃくてき》な響きだ。金色の髪を指で弄《いじ》り、ははっとついでに乾いた笑いを添えてみるも、すぐに否定の文句が返ってくる。

「それは違うと思う」

「なんで？　結構、イイ女だしさ。言っただろ、こう見えてもアキちゃん、モテんだぜ。お客も何人かメロメロで……」

「わからねぇんだ」

じっと街明かりを見据《みす》え多真上は言った。

「俺にはおまえと、そのアキとかいう女の違いがわからねぇ。女の服着て、カツラ被《かぶ》ってんのは見りゃわかるけど、それだけだ。おまえがなに着てようが、いつものおまえだ」

視線をこちらに戻されれば、ドキリとなった。

揺れる長い髪も、施《ほどこ》した化粧もスカートも、多真上は見ていない。もっと深いところ。薄っぺらな外見なんて引っぺがしたところで、いつも自分を見ているんだと思ったら、落ち着き始めた体がまた熱を上げようと鼓動《こどう》を早める。

「だから、あんときも普通に腹が立った。おまえが知らねぇ男とイチャついて、手ぇ繋《つな》いでるって……ムカついてしょうがなかった。おまえは俺のモンなのに、なにしやがんだって」

「多真上……」

「けど、考えたら……おまえは俺のものでもなんでもないんだよな。なのに、そんな当たり前のこともわかりもしねぇで、自分が惚れてることさえ気づかなくて……バカだった、俺は」

三丈は大きく口を開けたら心臓が飛び出すんじゃないかって気がして、ぼそりと言葉を発する。

「おまえのものじゃねぇ……こともないんじゃないの」

「……え？」

今言ってやらねばと思うのに、上手く言葉が出ない。気持ちを伝えるのは多真上じゃなくても難しいものだと、思い知らされる。

「今日、あのお客に会って来たんだ」

逡巡《しゅんじゅん》した末の言葉に、多真上が一瞬で感情を高ぶらせ、奥歯を嚙《か》み締《し》めたのがわかった。滾《たぎ》ろうとする嫉妬心を、理性で必死で宥《なだ》めるのも。

「こ、こないだのこと謝りたかったたし。置いてけぼりにしてさ、悪いことしたじゃん」

「……ああ、そうだな」

「おまえと別れて付き合ってくれって言われたよ」

「え……」

「けど、断った。まぁ当然なんだけど。もうあの人、店には来ねぇんじゃないかな。俺も、やめようかなと思ってるし」

多真上はほっとした表情を浮かべるも、これだけではまだ気持ちが伝わるには足りないらしい。

どこか不思議そうに問われる。

「やめるって……なんでだ？　おまえせっかく、いいバイト見つけたって喜んでたろ」

「なんでって……だから、わかんねぇ？　そりゃあ、給料はいいし楽だけど」

――嫌がる奴がいるからだろうが。

「……あーもう」

地毛ではない頭を三丈が掻《か》き回《まわ》せば、鈍《にぶ》い男はその手に目を留めた。

「三丈、おまえケガしてんじゃねぇか」

「え？」

言われて初めて気がついた。

左手の甲が少し擦《す》り剝《む》けていた。地面で擦《こす》ったのだろう。

「ああ……べつに、こんなん舐《な》めときゃ治るし。そうだろ？」

いつかも似たことがあった。三丈が苦笑で返せば、多真上は予想外にも傷ついた手を無言で取った。

そろりと舌先でなぞる。唇を押し当て、ざらつく汚れごとれろっと舐めて拭《ぬぐ》った男に驚きつつも、三丈は『ああ』と理解した。

絆創膏《ばんそうこう》を買いに走らなくとも、自分はこの男に大事にされていると。

ふと、そう納得してしまった。

「多真上……」

夢なのかなんなのかわからない過去の記憶。断片として三丈の中にずっと残っている。

中学の寝込んだ夜のこと。高熱が見せた夢だったのだろうと、三丈は思っていたけれど、あれももしかすると現実だったのかもしれない。

いや、きっと本当に。

自分は、自分で感じるよりもずっと、この男に大切に思われている。

「寒いな、ここ」

ぽつりと三丈は照れ隠しのように漏らした。

上手く言えない想いの代わりに、衝動的に指で差したのは夜の街明かり。高台から広がる光の中でも一際《ひときわ》目立つ、軽薄なネオンの明かりだった。


長く風呂に入り続けたせいで、洗面台の鏡に映り込んだ顔はひどく火照《ほて》っていた。色白なだけに、のぼせると火でも噴きそうに頬が真っ赤だ。三丈は慌てて冷たい水でバシャバシャと顔を洗い、ホテルの備えつけのペラペラのワッフル地のガウンを身につけて部屋に戻った。

ラブホテルの一室だ。『寒いし疲れたからあそこに行こう』と、指差した三丈が誘った。

『おー、中は結構キレイじゃん』

なんて、のん気を装《よそお》った声を上げ、二人で入ったのは小一時間ほど前。ギラギラのわかりやすいネオンに古めかしさを感じたホテルは、入ってみれば今風のオシャレな内装で、いかがわしさ満点ではないもののラブホテルには違いない。

金曜の夜で部屋もそこそこ埋《う》まっていたから、壁一枚隔《へだ》てた向こうでは、あっちでもそっちでもお盛《さか》んだろう。そんなホテルで多真上はなにをしているのかといえば、どこかから戻って来たところらしい。

さっきまでなかった大きなナイロンバッグが、白いソファに置かれているのに戸惑う。

「どっか行ってたのか?」

「ああ、おまえ服破れたって言ったろ。着替えになりそうな服、家帰って取って来た。靴も。サイズ合わねぇかもだけど」

「家って……」

破れてなくとも女の格好《かっこう》に戻りたくないので助かるが、予想外の展開だ。三丈は困惑に頭を掻《か》きたい気分を、濡れた髪をガシガシとタオルドライする素振《そぶ》りで誤魔化《ごまか》し、ベッドに腰をかけた。行儀悪くソファの肘掛《ひじか》けに座った男を、ちらりと見る。

「……多真上、おまえは風呂入らないのか?」

「俺はいい。帰ってから入る」

何気ない一言に、歓迎しない情報が存分に詰め込まれていた。本気でご休憩……体を温め、体調を整えるための利用だと思っているのか。

こっちはおまえがいつ入って来るかと思って、のぼせるほど湯船に浸《つ》かって待ってたっててのに。なんて、もちろん口が裂けても言わないけれど。

妙に甲斐甲斐《かいがい》しいのは、ゴーカンの罪悪感からだろう。そっちがそのつもりなら、お望みどおりこき使ってやるまでだと、三丈は試しかける。

「多真上、暇なら頭乾かすの手伝ってくれよ。洗面所にドライヤーあっから」

『なんで俺が』とか『自分でやれ』と不満タラタラで嫌がるかと思えば、無言で立ち上がった男は命じられるまま取りに行きドライヤーを手に戻って来た。三丈がベッドに乗り上がってヘッドボードを背に座ると、傍《かたわ》らに腰を下ろして熱風をゴーゴーと吹き出させる。

――マジか。

びっくりとしか言いようがない。

野生の獣《けもの》が急に飼い犬にでも変わったみたいだ。飼い主に従順な聞き分けのいいワンコ。だいぶ乾いてくると、ベッドに上がって向き合った男は、三丈のあまり癖《くせ》のない栗色の髪を手で梳《す》いて整え始めた。

温かな風と、無骨《ぶこつ》ながら長い男の指と。髪の間を何度も通り抜けるのが、くすぐったく心地いい。多真上も照れ臭いなんて神経を少しは持ち合わせているのか、じっと顔を見つめても目を合わせようとしない。

今までそういう意識で見たことがなかったけれど、結構整った顔をしているんだなと思った。冬でも日に焼けたような浅黒い肌色で、ちょっと目つきも怖くとも、精悍《せいかん》で男臭いイケメンだ。

「……これでいいか？」

「ああ、サンキューな」

ドライヤーを切って問われ、軽く頷く。なにを思ったか、するっと頭を撫《な》でられた。てっぺんから後頭部にかけ、最初は遠慮がちな手つきで。それから、三丈が特に嫌がる素振りもせず、ただされるがままに受け止めていると、何度も繰り返し。

天使の輪っかの浮いた頭を、どういうつもりかヨシヨシと撫でるデカい手。まるで子供扱《あつか》いの仕草なのに突然それがやってきた。

胸がドキドキして、キュウッと締めつけられたみたいに痛くなった。

これはアレだ。前に須田《すだ》が店で言っていたトキメキとやらだ。自分はせいぜい牛丼で疑似体験するくらいかと思っていた胸の痛み。ただ色気もなく髪を撫でられただけだというのに、体の奥深くへと響く。

苦しいのに心地いい。

不思議な甘い痛みだ。

「……ほかは？　なんか、することあっか？」

やけに柔らかな多真上の声に思わず腰が引け、逃げ場なんてないのにじりっと尻で後ずさった。膝《ひざ》を立てた拍子《ひょうし》に薄いガウンが捲《めく》れ、生白い足が腿《もも》の付け根まで露《あら》わになる。

風呂上がりの三丈は下着を穿《は》いていなかった。

向き合った男の目がわかりやすく泳いだ。多真上の上半身はグレーの半袖《はんそで》Tシャツで、下は脱いだウインドブレーカーの上着と揃《そろ》いのパンツ。薄いポリエステル生地《きじ》の腰の中心に、つい目が釘《くぎ》づけになる。

「おまえなにチンコ勃《た》ててんだよ」

「……うるせぇ、ほっとけ」

遠慮のない三丈のツッコミに、多真上はむすりと不貞腐《ふてくさ》れたように応《こた》えた。

裸足《はだし》の足裏にシーツが擦《こす》れる。清潔な真っ白なシーツ。抱き合うための空間だと意識したら、急にこっちまで腰がもぞついてきて三丈はヤバイと思った。

目の前の男に触られたい。こないだのあのやり方はゴメンだけれど、相互オナニーのときみたいにそのデカい手で今擦られたら、すごく気持ちよくなってしまいそうだ。きっと、メチャクチャに気持ちいい。

「多真上、キスしろ」

「……は？」

「ほかになんかあるかって、今訊いたろ？　さっさと俺にキスしろよ」

「……からかってんのか？　勘弁してくれ、そんな余裕ね……」

煮えきらない男のほうへ身を乗り出す。シャツに包まれた肩に手を置き、むっと拗《す》ねて尖《とが》ったその唇に三丈は待ちきれずに唇を重ねた。

薄い唇は乾いていた。触れ合わせると微《かす》かに震え、そっと離して確認した顔は、黒い眸《ひとみ》が零《こぼ》れんばかりに見開かれていた。

「……おまえって本当にコミュ能力に問題ありまくりだよな。人がダメだって言ってるときはガンガン来るくせに、その気になったら腰引けんのかよ？」

「い……いいのか？　けど、おまえ……泣くほど嫌だったんじゃねぇのか」

声のトーンを落として告げられた言葉に、ぼろぼろに泣いてしまったのを思い出させられ、気恥ずかしいことこの上ない。

「それは……だから、おまえのコミュ能力のせいだろ」

「……どういう意味だ？」

「好きも惚れたもナシにやられて、『よかった』ってなるとでも思ってんのか。順序守れよ、順序を」

「俺が言わなかったから？　つまり、ちゃんと言えてたら……」

殴りたい。あのときの多真上ではないが、一発ぶん殴ってこの場を終わらせたいくらいだ。けれど、今は照れを凌《しの》ぐほどに欲しいものがある。

「おまえは致命的に言葉が足りてねぇんだよ。だいたい好きでもなかったらおまえとこんなとこ……」

公園ではどうにも喉《のど》につっかえて出なかった『好き』の一言を、さらっと織り交ぜて発したら、さすがに空気の読めない男も聞き逃《のが》しはしなかった。

それ以上の言葉は飲み込む羽目《はめ》になる。

「ん…ぅっ……」

密封《みっぷう》されたと錯覚するようなキス。いきなりがっつり塞《ふさ》がれ、『飛び込む前に息ぐらい継がせろよ』なんて毒づきを覚える間にも口づけは深くなった。『まぁいいや』『キモチイイからいや』と移行するのに、時間はそうかからない。

舌を伸ばし合って、ちゅくちゅくと唾液《だえき》の鳴るようなエロいキスをする。角度を何度も変え、深く押しつけ合って、もっともっとと口腔《こうこう》の深いところを探った。三丈の舌は多真上のそれほど厚みはないが、結構長い。

本当言うと、キスはそれなりに自信があった。まさか自慢のテクを多真上相手に繰り広げる日が来るとは思ってもみなかったけれど、出《だ》し惜《お》しみしてもしょうがないし、今はただもっと目の前の男と気持ちよくなりたい。

「んん……ぅっ、は…ぁ……」

くねくねと舌を動かし、多真上の舌の根っこのほうまで擽《くすぐ》る。やっぱり体温が高い。熱くて溶かされてしまいそうで、口ん中に入れているだけでも腰がゾクンとなる。気持ちいい。

受け身になるのは、本来は趣味じゃなかった。三丈だって男だ。雄《おす》を相手にするのがどういうことかわからせてやるとばかりに、今までの仕返しの意味も込めてぐいぐい迫《せま》った。

身を乗り出し、互いの熱を追いかけ、絡《から》ませた舌で快感を引き出す。三丈の勢いに途中から多真上のほうが屈服《くっぷく》したようになり、体も覆《おお》い被《かぶ》さられ、しまいには背後に手をついた。

「……ん…はっ……」

振《ふ》り解《ほど》かれてキスを中断する。

「三丈……テメエ、なんつーキスすんだ」

変化の乏《とぼ》しい男の顔色が、少しばかり赤く染まって見えた。照れた多真上なんて、そうそうお目にかかれるものでもなく、胸を喘《あえ》がせる三丈は満足げに吐息を零す。

「……はぁ…っ……そりゃあ、キスする相手はっ……気持ちよくさせたいって、思うし、さぁ。誰とでも、こういうこと……するわけじゃねぇし？」

こう見えて来る者拒《こば》まずではない。住まいの問題もあって、なかなか女の子とは真剣交際には至らなかったけれど。

好きな相手としかセックスはしないと宣言しているようなものだ。

一方で、多真上のハチャメチャだったセックスを暗に責めているようでもある。

「……俺だって、気持ちよくさせてぇ」

ぐいっと体を反転させられ、ベッドに仰向《あおむ》けに敷き込まれた。掠《かす》め合《あ》った互いの性器は、衣服を隔《へだ》てていてもはっきりとわかるほどにすでに臨戦状態だ。

「……気持ちよくしてくれんの？」

「ああ……する。ちゃんとすっから」

今までの行いを思えば不安はなきにしもあらずだったものの、見下ろす眼差《まなざ》しが真剣で、ぎこちない『ちゃんとする』の言葉もトスンと胸に刺さって身を委《ゆだ》ねることにした。

キスは分《ぶ》が悪いと思ったのか、首筋に熱い唇は下りてくる。

喉元《のどもと》を這《は》い、浮いた鎖骨《さこつ》を辿《たど》る。こんな女の子になったような愛撫は受けたことがないから、最初はくすぐったくてしょうがなかった。様子が変わったのは、ガウンの紐《ひも》を解いた手が、するすると腹の辺りから這い上《のぼ》って来たときだ。

熱くてやや乾いた手に、肌の肌理《きめ》に逆らいでもするかのように撫でられ、ゾクンとなった。キスの最中に感じたのと同じ官能的な震え。見つけ出された乳首を指の腹でなぞられると、急速に広がる。

「……たっ……多真上……」

「……痛くしてねぇだろ?」

思わず上げた声に、訝《いぶか》る反応が返ってきた。やんわり探られただけで、どこにも苦痛の要素はない。

多真上は慎重になっているのか、何度も反応を窺《うかが》いながら三丈の体を愛撫した。薄っぺらなガウンの存在感はなきに等しく、左右に開かれただけで全身を露《あら》わにする。

濡れた厚ぼったい舌がれろっと鎖骨の窪《くぼ》みをなぞり、ひくっと喉を鳴らしてしまった。

本当に犬みたいな男だ。

「あっ……」

舐めて辿《たど》って、這い下りる唇は吸いつくにはちょうどいい小さな粒の一方を食《は》む。ちゅくりと吸われ、あっさり乳首が膨《ふく》れて尖《とが》ったのは自分でもわかった。

舌先で舐め転がされただけで、ジンと疼《うず》くなんて反則だ。乳首が性感帯だなんて今の今まで知らず、己《おのれ》の身に裏切られた気分だった。

「……ふ…ぁっ」

変な吐息が零れる。舐められてもいないのに一緒になって膨れた反対側の乳首も指でやんわり捏《こ》ねられ、腰にねっとりとした熱が集まっていく。

気づけば、多真上の頭を胸に抱《かか》えるように黒髪を両手で摑んでいた。

「あっ……」

——そんなに吸ってもおっぱい出ねぇのに。教えてやったほうがいいか？『出ませんよ』なんつって。そんなふうに頭の中で茶化してみても、体に集まる熱から逃れようがない。

「三丈……大丈夫か？」

「……ぅ…んっ……なに、が？」

ようやく顔を起こした男に問われるほどに、三丈の肌の色は全身変わっていた。

「なんか、すげ……赤くなってんぞ」

「ん……ああ、色白いから…っ……目立つだけだし」

そこら中が熱い。全部。

まだ触れられていないところまで、切なく疼く。

「は…ぁ、はぁ……」

「……多真上」

「ああ……」

「…………なぁ、タマちゃん」

三丈は照れ隠しのように何度か名を呼んだ。察しの悪い男に焦《じ》れて、潤《うる》んだ眸《ひとみ》を揺らし、腰を下からくいっと突き上げるように動かす。

一度目は無意識。欲しくて勝手に腰が揺れた。

「……三丈？」

二度目は開き直りで突き上げ、求めた。

「もう……してくれよ。チンコつらく……なってきた…っ……はぁ…っ、も……イキてぇ」

はぁはぁと短く息をする。ねだってしまえばますます体温が上がり、そのときが欲しくなる。

「んん…っ……」

指をからみつけられた瞬間、思わず腕で自分の顔を覆った。ぶるっと艶《つや》めく髪を揺らし、堪《こら》えきれずにデカい手の中へ腰を入れるように突き上げる。何度か繰り返すうち、多真上もリズムを合わせて手を動かし始め、相乗効果で堪《たま》らない。

「あっ……あ、ダメだわ……イイ、気持ちいっ……」

「……痛くねぇか？　こんくらいか？」

「んっ、うん……いいっ、あっ、あっ…ぁっ…もっ……」

擦れるところからぶわりと快感が止めどなく湧《わ》いてくる。一度味わったら、次も次もと何度でも欲してしまう類《たぐい》の快楽。多真上の手で、性器が頭から根元までぐしょぐしょに濡れてきているのがわかった。先走りの量がやばい。

「……三丈、おまえ……なんか、すげぇな」

「はぁ…っ……うっせっ、も…ぉっ」

「気持ちいいんだろ？　だったら、いいじゃねぇか」

「……くそっ……あ…っ……」

嬉しげに言われて悔しい一方で、卑猥《ひわい》な音を立てる場所が気持ちよすぎて、眦《まなじり》に生理的な涙が浮いてくる。一人でしても女の子とヤっても出ないものが、ぽろりとこめかみに伝った。

多真上を前にするとどうして簡単に涙が出るのだろう。ダチで、相方のようなもので、同じ男だから張り合う気持ちもゼロではなく、格好悪いところを見せたくないくらいの見栄《みえ》はあるはずなのに。

全部知られているからか。

改まって語ることはしないだけで、多真上はたぶん自分のすべてを知っている。

中学からの三年間も、三丈が三丈であるゆえんも。

快楽にはめっぽう弱いのも、ついでに知られてしまった。

「あっ、は…っ……あっ、あっ、いくっ、イクっ、たまじょ…っ……出るっ、なっ、もう……でるっ……」

瞬間、一際強く腰を突き上げ、身を突っ張らせた。溜まっていた温《ぬる》いものを噴き上げる快感に、三丈はビクビクと身を震わせ、やがて汗に湿ったシーツにくたりと体を預ける。眦からこめかみにかけてまた濡れた。

熱を上げた全身が熟れた色に染まる。壮絶な色気を振《ふ》り撒《ま》く三丈は、白いシーツの上で早く俺を食べろと誘っているも同然だったが自分ではわからない。ただ一人見せつけられた男だけが、すっかり当てられ、興奮に喉奥で低く呻《うめ》くような声を上げた。

「……おまえ、やべぇ」

「あっ、こらっ、まだ……」

シーツに伸びた足を多真上に取られた。ちょっとくらい休ませろよと拒《こば》もうにも、力が上手く籠らない。

弛緩《しかん》した体を開かせるように、両足を胸につきそうなほど畳《たた》んで割られ、奥の恥ずかしいところが露わになる。『やっぱハズイわ』なんてこの期《ご》に及んでもうろたえるのに、すでに多真上には知らぬ間に全部見られて、アレコレされたことがあるのだと思ったら変な感じだ。

「ふ…ぁっ……」

射精を終えて柔らかくなりかけたものを、やわやわと揉《も》んで扱《しご》かれ、整う間もない息が弾《はず》む。無防備な格好で羞恥《しゅうち》を煽《あお》られ、尻穴を弄《いじ》られるなんて、三丈の人生には必要ない——はずだった。過去も、これからも。

それなのに。

「たっ、多真上」

「……あ?」

「ローション……買って来い」

悔しさも手伝い、舎弟《しゃてい》に『パン買って来い』とでも命じるような声になる。マウントポジションを取った男の動きが止まった。

「買って来いって、今からか?」

「売ってんだろ、そこっ……部屋の入口んとこに自販機あった」

「……へぇ、ラブホに詳しいな」

多真上が低い声を発した瞬間、ベッドが振動した。三丈を押しつける力が強く漲《みなぎ》ったせいだ。

「へっ、変な勘繰りでスイッチ入れんな! おまえの暑苦しい嫉妬は懲《こ》り懲《ご》りだ」

深く覗き込んでくる男のよからぬ感情を滾《たぎ》らせた眼差しに、焦って声を上げる。

「……さっき、入るときにチェックしたからだ」

「チェックって……」

「なにもしねぇつもりでこんなとこ誘うわけないだろうが、バカ」

何故いちいちそんなことを説明しなければならないのか。やる気満々だったなんて余計な情報を与えて、無駄に恥ずかしさは膨らむし、動揺した男に『勘違いしそうになってスミマセン』のつもりだかなんだかわからないキスを額に落とされ、まだ致してもないのに羞恥でパンク寸前だ。

——多真上がデコチューって、おい。

ぎこちなくベッドを下りた男は、三丈の言いつけのまま入口のほうへ向かった。小さなカウンターの下に自販機は設《もう》けられており、多真上もわかったようだ。

「変なモン、買って来てないだろうな」

戻った男に照れ隠しに言うも、返事はなかった。

服を脱ぐ。三丈の引っかけるだけに過ぎなくなっていたガウンを取り去り、多真上も自《みずか》ら上下の衣類を全部脱ぎ捨てる。興奮しきった男は言葉少なに大きな手にボトルのローションを出し、『おいおい、顔でも洗うつもりかよ』とツッコミそうになった量のそれを、三丈の後ろに擦りつけてきた。

「ひっ、冷た…っ……」

思わず抗議の声を上げる。慌てて手のひらで温める素振りを見せたりと、不似合いな甲斐甲斐しさを覗かせるも、多真上の息遣いはひどく荒い。ハアハアとまた見事にケモノじみていて不安が募《つの》る。

案《あん》の定《じょう》、挿入はきつかった。本来、出口である場所を入口に変えようってだけでも無茶なのに、多真上のアレときたら三丈が密《ひそ》かなコンプレックスを抱《いだ》いていたほどのご立派さだ。少々指でならしたくらいじゃ、すんなり収まるはずもない。

少しでも楽な姿勢が取りたいと、三丈が上に乗っかる体位を選んだ。ベッドに座った多真上を跨《また》ぐ格好で、楽な角度がどうとかいうより、マイペースに突っ込まれるのはゴメンだったからだ。

「は…ぁっ、おまえ、なんでそんなデケ……んだよっ、くそ…っ……キツ…っ……」

ギチギチと体を開かれる苦しさに、三丈の表情は歪《ゆが》む。ローションの滑《すべ》りを借りて裂けるような痛みはないものの、初めて知る異物感に先っぽを飲むだけで精一杯。僅かでも動かす度《たび》に、きつく締めてしまう。

「多真、上……おまっ…え、こないだ…っ、どっ……やって……」

「どう…って、気ィ失ってたからか、もっと柔らけぇ感じで……くっ、本当にキツイな、三丈……どうすっか……」

まさかとは思うが、『もう一度気絶すれば』などという発想に至られても困る。

シーツの上の膝を震わせ、男の肩に苦しげに三丈は額を押しつけた。

「……賛辞《さんじ》しろ」

「……え？」

「俺を……褒《ほ》めて、たたえろっ……はぁっ……三丈さま、キモチよくっ、して…くれて、ありがとう……とでも、言え…っ……」

ぎゅうぎゅうに締めつけられ、多真上も大して気持ちよくないだろうが、苦し紛《まぎ》れだ。

「はぁ…っ、う……早く…しろっ」

効果のほどは怪しい嫌がらせめいた提案にもかかわらず、多真上は三丈の裸身を抱き寄せ、肩口に顎《あご》を載せた。

「……三丈、ありがとうよ」

細いがきっちりと背筋《はいきん》を纏《まと》った背をヨシヨシと撫《な》で摩《さす》りながら、たどたどしく言葉にする。

続きはなく、それで終わりかと思った。ボキャブラリーが貧困過ぎだ。十七年も日本国に住んでてそれかよ——なんて思った瞬間、熱い吐息が耳を掠めた。

「……好きだ」

低く紡《つむ》がれる、真剣な男の声。

「三丈、好きだ……好きだ、おまえが好きだ。おまえだけだ。好き……」

訴《うった》えにも似たその声は、ずしんと体の奥深いところに入り込んでくる感じがしてやばい。多真上を咥《くわ》え込《こ》んだ狭間《はざま》がうねり、中へと誘い込むような動きを見せてうろたえる。

天然なんて嘘じゃないのか。狙っているとしか思えない。

「……もう、いい……いいっ、から……なんか、心臓もたね…っ……」

ぐいと顔を押《お》し退《の》けたものの、背中はしっかりと腕を回されたままだ。這《は》い上《のぼ》る手のひらが三丈の後頭部を掻き撫で、そのまま顔を覗き込んできた男の黒い眸はついと伏せられる。

「……こないだやっちまったとき、あんま気持ちよくなかった」

多真上はぽつりと漏らした。

勝手に使われて『気持ちよかった』と言われても喜べないが、『よくなかった』というのもまた反応に困る。

「なっ、なんの告白だよ……」

「やっぱ、おまえの反応見ながらしてぇと思って。おまえが……気持ちよくなってるとこ、見てぇし」

困惑気味の三丈に、懺悔《ざんげ》のように告白する男は言った。

なんだこいつと思った。

――惚れた相手ならそんなわかりきったこと、やってみないとわかんねぇのか。

「ホント……タマ助《すけ》はアホだなぁ」

自然と緩《ゆる》い苦笑いが零れる。最初からそうやってしおらしくしてればよかったのにと呆れつつも、額と額をコツリと押し当てた。至近距離過ぎてよく表情は窺えないけれど、むすりと拗ねた声が返ってきた。

「……変な呼び方すんな」

「なんだよ、いつも好きに呼ばせてんだろ。今更、そこかよ」

唇が綻《ほころ》びすぎて困る。ニヤついてしまうのは、可笑《おか》しいのと、胸がもぞつくのと。

それから——

「多真上」

「……ん？」

「多真上」

「……あ？」

「廉《れん》」

「…………」

悪戯《いたずら》に名を呼んでみると、見事なまでに繋がれた身が固まった。三丈の身の下で、硬い腹筋がさらに岩のようだ。そろりと距離を置いた顔を覗いてみれば、表情筋までガチガチに強張《こわば》らせた多真上の顔が頬から耳にかけてじわりと赤らんでいくのを目にした。

こんなことが弱点なのか。

「廉……新鮮な響きだな」

「……やめろ」

「なんで？　いいじゃん、呼ばせろよ。おまえだって、前は俺の名前呼んでたろ」

いつの間にか変わってしまったけれど、中学の頃は暁良《あきら》と呼ばれていた。たぶんささパラの住人たちがそう呼んでいるから、釣られていたのだろう。

三丈は長い睫《まつげ》の目を瞬《しばたた》かせて見つめ、言葉に詰まった男は口より行動で示した。

求め合えば唇が触れる。『んっ』と吐息を漏らしながら、どちらからともなく深いキスをした。ちゅっと唾液《だえき》ごと舌を吸い上げ、繋がれた腰まで震える。頭を腹のほうへ擡《もた》げた性器が恥ずかしく揺れて、つうっと透明な雫《しずく》を滴《したた》らせた。

「動けそうか？」と多真上に問われ、三丈はコクコクと頭を上下させる。

悔しいほどに雄々《おお》しくも熱い塊《かたまり》を深く飲み込む。吐く息が甘く揺れた。

「……んっ、ん…っ……あ…ぁっ」

さっきまで我慢しかなかった場所から、じわりと官能が滲み出す。偶然ではなく、多真上が張り出した亀頭《きとう》をそこへ宛《あて》がってくるのがわかった。

尻のそう深くないところに、甘い蜜《みつ》でも溜め込んだみたいに感じる場所がある。

「あっ……なに、そこ…っ……なんで、おま…っ……」

「こないだ……ここらへんとこ指で弄ってたら、おまえのチンコ勃ってきた」

「うそ……言う…っ……」

「もうちょい刺激強くしたら、おまえもイケんじゃないかと思って、突っ込んだんだが……」

『ダメだった』と身も蓋《ふた》もない打ち明け話を始めた男に、三丈の身は快楽とはまた違う熱を上げる。バカは言っても、嘘は言う男じゃない。イケなかったまでも、勃起したのは本当なのだろう。

自分以上に自分の身を知る男。存在感の大きすぎる先っぽでぐりぐりと突かれ、膨れる快感に抗《あらが》えない。

「……ぁっ、あっ……や、キモチ…いっ……」

「いいか？　ここ……だろ？」

「ちがっ……やっ、そこ……イイっ……」

「……どっちだよ」

耳元へ顔を寄せ、男が笑ったのを息遣いで感じた。今はもうピアスの並んでいない左の耳たぶをれろっと舐め、唇に含んだりと弄《もてあそ》ぶ。

まるで自分のものになったと主張するように、執拗《しつよう》なキスをそこへ施し、それから囁きを吹き込んだ。

「……暁良」

「や……」

「気持ちいい、な……セックス。おまえん中、すげ……いい」

反則だと思う。仕返しのように名を囁いて、そんなことを言うなんて。ビクビクと体を前後に震わしてしまい、頬張《ほおば》った多真上をねっとりと擦って悦ばせる。

「あっ、あっ……」

今までの詫びのように、多真上は三丈のイイところばかりを突いてきた。ただでさえ規格外の息子が行き交うだけでも堪らないのに、狙いを定められては一溜《ひとた》まりもない。

多真上の腹を揺れて打つ三丈の性器は、色づいた先端の割れ目を喘《あえ》がせ、溶け出したみたいに透明な雫をタラタラと零し続ける。

「……涎《よだれ》みてぇだ」

「んっ、や……あっ、や……キツい」

深く飲んだ腰を大きな手でがっしりと摑まれ、揺さぶり動かされて、縋《すが》りついた背を叩いた。無駄に鍛《きた》えている男は意にも介さず、それどころか殴られて嬉しげに口元を綻《ほころ》ばせた。

「暁良……キモチイイんだろ?」

「……うる、さい……このっ、ゴーカンやろっ…がっ」

「……中には出してねぇ」

「関係……あるかっ……あっ……」

「関係は……あんだろ。出したら、種つけちまうじゃねぇか」

また独自の理論を展開しそうな男に、ぶるっと三丈は頭を振る。火照《ほて》りきった頬で、赤い眦の目をして睨んでも色っぽいだけだとも気づかず、困った男を見据えた。

「あのなぁ……俺、女じゃ……ねぇし、種つけるとかつけないとか関係ねぇだろ…っ……だいたいそういう、問題じゃなっ……」

「……じゃあ、中出ししてもいいのか？」

「いっ……いいわけねぇだろ、テメエの無駄に、量っ……多いやつ、びゅーびゅー出されたら……っ……ちょっ、待っ……」

『おい、聞いてんのか？』と続くはずの声は、一際大きく起こされた大波に攫《さら》われる。

「あーもうっ……」

メチャクチャにまた泣いてよがらされそうな予感に身を焦がしつつ、三丈は憎たらしくて、それから愛《いと》おしい男の黒髪を両手で掻き回した。

抱き締めて、額にキスをして、唇にキスを返されて。互いの唇や舌を味わいながら、すぐそこまで来ている絶頂を共有するように求めた。

実際に、二人で頂《いただき》に辿り着いたのは数分後のことだ。


「タマジョー、風呂上がったらパン買って来い」

唐突に発した色気もない命令形の一言に、湯気の向こうの顔はわかりやすく眉を顰《ひそ》めた。

ベッドの上の戦いを終え、今はのんびりと二人して風呂に浸《つ》かっているところだ。せっかく乾かしてもらった髪が濡れるのも構わず、三丈は顔を深く湯に沈ませ、時折ブクブクと鳴らしたりもする。

「……はあ?」

「腹減っただろうが」

「そりゃあ、まぁ……けど、なんでパンだよ。つか、なんで俺が」

もう聞き分けのいいワンコの時間は終わったのか、不服そうにする男を軽く睨んだ。

――多真上のくせに、生意気な。

「しらねぇのか、女と付き合うってことは下僕《げぼく》になるっつーことだ。馬車馬《ばしゃうま》のように働いてメシを食わせ、金目のものをプレゼントしろ」

キャバクラで得た歪《ゆが》んだ知識を披露《ひろう》する。

「おまえ女じゃねぇだろうが」

「女扱いしてヤってんじゃねぇか」

当然ながら、三丈は後ろを使ったセックスは初めてだった。正確には二度目になるのだろうが、記憶がないものはこうなったらノーカウントだ。

実際、初めてと同じく気恥ずかしい。抱き合った後に風呂でイチャイチャなんて、まるでカップルみてぇじゃないかと、ウギャーと叫び出したい気分になる。

ようするに、照れ臭さゆえの『パン買って来い』発言である。むろん、鈍い男のほうはそんな三丈の心の機微《きび》など、一ミリたりともわかってはいないようだけれど。

「……ったく、心のきび団子のわからねぇ男だな、テメエは」

「きび団子？　なんだ、食いてぇのか？」

「食いたくねぇよ！」

三丈はばしゃっと多真上の顔目がけて湯を浴びせる。

「なっ、口に入ったじゃねぇかよ」

ラブホテルのバスタブは広いが、男二人で入るにはさすがに悠々《ゆうゆう》とはいかない。向き合って入れば、体のそこかしこが触れて、足など絡《から》め合《あ》ってでもいるかのようだ。

じっとしていると触れる肌を意識してしまい、沈黙も心臓に悪い。今まで無言で一時間でも二時間でも過ごした関係だというのに、まったく人生とはどう転ぶかわからない。

三丈はお天気の話でも始めかねない勢いだったが、それより気になる事柄があった。

「多真上、そういやあの金どうやって借りたんだ？」

「……あ？」

「親父さんに貸してもらったんだろう？　おまえ、大丈夫なのか？　ちゃんと返せよ」

受け取る気はさらさらないのは、多真上にもやっと伝わったのだろう。唇を引き結んだ神妙な顔になりつつも、微かに頷く。

「にしても、よく出してくれたな、あんな大金」

「ジダン金ならしょうがねえって」

「……示談？」

嫌な予感がした。

「レイプしちまったから、慰謝料がいるって言った。今はほかに詫びの方法を思いつかねぇって話したら、そうかって。足りなかったら言えって、金庫から」

息子がレイプしたなんて単語を出しても、あっさり慰謝料ですませようとする父親。足りなかったら積めるほど、帯つきの札束が金庫に詰まっている家。いろいろと突っ込みどころは満載だが、まずは目の前の男からだろう。

すっと息を飲んで、三丈は捲《まく》し立《た》てた。

「もっとほかに言いようがあるだろ。誤魔化《ごまか》せよ、オブラートで包めよ！」

「なんて言やぁよかったんだ？　孕《はら》ませたって言えばよかったか？　たぶんそうしたら連れて来いって言われたと思うが」

「そっちじゃねぇよ！　逆のほうに行けよ、逆に。もっと話を薄めろ、濃くすんな！」

憮然とする多真上は、なにを責められているのかわからないといった反応だ。相変わらずズレた男に溜め息を零す三丈は、特に深い意味はなくぼそりと湯に向けて零した。

「つか、孕まねぇし」

凪《な》いでいた湯が大きく揺れる。どこにスイッチがあったのか。湯船の反対側に背を預けていた男の顔がぐんと近づいて来て、思わず背筋を伸ばしそうになるほどびっくりした。

「おまえのガキは可愛いと思う」

「……はっ？」

言葉にはきょとんとなった。

「いや、おまえと俺のガキか」

「はぁっ⁉」

バカは言っても、冗談は言わない。もしや、それでも睦言《むつごと》のつもりなのか。視線を泳がせる男の出所《でどころ》のおかしい照れは、電気のように三丈にも素早く伝導してきて、肌をざわつかせる。

熱を上げても最初から風呂で火照っているのは幸いだなんて思ったけれど、あまり意味はなかったかもしれない。

どちらにせよ、唇は奪われた。

リバーサイドベイビーズは情緒不安定

Riverside Babies wa
Jyoucho Fuantei

真冬の河川敷《かせんじき》は寂しい景色が広がる。

川の流れは天気にかかわらず灰色に沈み、河原は夏に生《お》い茂った緑も枯れ果てて、同じく灰色の石ばかりが目立つ。

吹きつける寒風に、橋の下の『ささねパラダイス』の住人たちもそれぞれの小さな家に引っ込み、動くものといったら遊歩道を走るランナーや、犬の散歩の主婦くらいの殺伐《さつばつ》とした眺め——普段はそうだ。

だが、今日は違っていた。

河川敷は祭りでも始まったかというほどに賑《にぎ》わしい。集結した人間は、およそ百人、いや二百……三百人あまりか。ささパラだけでなく近隣の住人までもが集い、ぐるっと人垣でできた大きな円の中央に立っているのは、二人の制服姿の高校生だ。

一人は真冬でも上着はブレザーのみの薄着で、臙脂色《えんじいろ》のネクタイの先をポケットに突っ込んでいる。もう一人はその場でコートを脱ぎ捨て、軽くウォーミングアップするように飛び跳ねた。

「さぁて」

三丈《みたけ》は睨み合う男に向かって叫ぶ。

「今日こそ決着をつけてやろうじゃねぇか、多真上《たまじょう》！」

その薄い唇からは、普段の軽口もふざけた笑みも続くことはない。親のカタキか、前世の因《いん》縁《ねん》かとでもいうような、積年《せきねん》の恨みの籠《こ》もった眼差しで見据える。

かつては相棒であったはずの男、多真上も眼光鋭く見返し応《こた》えた。

「三丈、かかってきやがれ」

声は重い。腹にズンと響く。二人は拳《こぶし》に力を漲《みなぎ》らせ、踏みしめた足元の小石の鳴る微《かす》かな音さえ大きく感じた。

河川敷は異様な緊張感に包まれ、見守るギャラリーもゴクリと唾《つば》を飲む。

三丈暁良《あきら》と多真上廉《れん》。ささパラの用心棒、ミケとタマ。この辺りでは現在最強とも噂される二人の戦いは、言わば頂上決戦だ。注目が集まらないはずがない。

見届け人は、古式《こしき》ゆかしき学ランに安っぽく色を抜いた髪の男だった。

昭和の香りのヤンキーグループを率いる山田《やまだ》がどういうわけか二人の間に立ち、まごつきながらも声を発した。

「こ、これより決闘を開始する！」

◇◇◇

話は昨年まで遡《さかのぼ》る。

昨年と言っても、ほんの二週ほど前だ。年の瀬の気忙《きぜわ》しい空気もどこ吹く風で、クリスマスだ忘年会だと浮かれることもない橋の下がまだひっそりとしていた頃だ。

ささパラの入り口にある木造の小屋だけが熱気に包まれ、普段は隙間風の吹き込む板の合わせ目からもうもうと湯気でも立ち上らんばかりだった。

突然温泉が湧いたわけでも、エコロジーを無視して暖房器具をフル稼働させているわけでもない。そもそも小屋で暖《だん》を取れるのは毛布とシュラフだけという、極めて地球に優しい暮らしだ。

三畳《じょう》足らずのほったて小屋に、男子高校生が二人も籠《こ》もって運動をしていれば温度も上がる。

運動と言ってもケンカではなく、この頃はまだ仲睦《むつ》まじかった。非常に。

「たっ、たまじょ…っ……もっ、こっ、壊れるっ……てっ！」

息も絶え絶えで、小屋ごとギシギシと鳴きそうなほど床に押さえ込まれた体を揺さぶられようとも、苦痛を与えられているわけではない。

むしろ逆だ。あちこちを犬みたいに舐《な》め回されたせいで、三丈の体はどこもかしこも湿り、肌はほんのり赤く色づいていた。有り得ないほどデカいブツを飲み込んだ場所は、ちょっと動いただけで卑猥《ひわい》に濡れた音がする。

乗っかる多真上は、サカリのついた雄犬《おす》のようにがむしゃらに腰を振った。額に汗を滲《にじ》ませ、ハアハアと恥ずかしげもなく荒い息を零《こぼ》しながら応える。

「この家、そんな柔《やわ》なっ……作りじゃ、ねぇだろっ」

「バカっ、俺のほうだよっ……くそっ……あっ、人の体、かと思ってっ、好き放題……ズコズコしやがっ…てっ……」

「ヤんの、気持ちよくねぇのか？」

「うう……」

三丈は返事に窮《きゅう》した。

セックスが嫌なら、とうにパンチも蹴《け》りも食らわせている。天井が低すぎるせいで梁《はり》に頭を打ちつけるというアクシデントさえなければ、あのときだって多真上の自由にはさせなかった。

つまりは自分の意志。積極的にこの状況を受け入れているということだ。

「あ…っ……ぁ…んっ……」

ずるっと長い竿《さお》を不意に抜かれ、変な声が出る。窄《すぼ》まる穴は喪失感に収縮を繰り返し、奥かららどろりとした白濁《はくだく》が漏れ出してきた。

多真上は達したわけではなく、もう抜かずの何発目かだ。

「あっ、バカ、や…っ……」

不快感と羞恥《しゅうち》に眉を顰《ひそ》める暇もない。両腕を取ってぐいっと身を引っ張り起こされたかと思うと、床に座った多真上の腰を跨《また》ぐよう促《うなが》された。

宛《あて》がわれた切っ先に入口がヒクつく。ゆるゆると擦《こす》られれば、失ったものを取り戻せるとばかりに口を開け、意思に反して熱く濡れた亀頭《きとう》を頬張り始めた。

「やっ、待てって、まっ……もうっ……あぁっ……」

「腰痛《いて》ぇんだろ？　壊れるって言うから、上にしてやったのに」

板床の上で存分にガクガクと揺すられ、たしかに背中や腰は痛いがそうじゃない。

「もっ、もう、いいかげんにっ……しろよっ、なんべん……出したらっ、テメエは気がすむんだっ」

「おまえのほうが多く出してる」

「それは……回数、だろっ……テメエのは、量が多すぎんだよっ……人の腹ん中っ……大放出、しやがっ…て……」

大放出が喜ばしいのはパチ屋だけだ。繁殖力の強そうな精液量に加え、底なしの精力。絶倫にもほどがある。

多真上が遠慮がちだったのは、初回の反省を踏まえたホテルの晩だけだった。あれからまだ十日と経《た》っていないが、来る度《たび》にこの調子である。

「あっ……だいたい、冬じゃなかったらっ……速攻でバレてんぞ。こんな狭い小屋っ……籠もって、なにしてっ……やがんだ、って……」

今や身内同然の住人たちに、『ホモ始めました』なんて知られたくない。まして突っ込まれてアンアン喘《あえ》がされているのが自分だなんて知られるのは、絶対に避けたい。

寒い冬だから、今は不自然にならずにすんでいるようなもので——

『お、てっちゃん、元気か？　今日は随分あったけぇなぁ』

朦朧《もうろう》としつつも考える三丈は、手の届きそうな距離で聞こえた声にビクリとなった。

「たまじょっ……いっ、今、なんか聞こえたろ？　井上《いのうえ》の、じーちゃんの声だったぞ……」

「そうか？　気のせいだろ」

「聞こえたってて、つか筒抜《つつぬ》けじゃねぇのか」

あちらが聞こえるということは、こちらからも聞こえるのが普通だ。小屋の壁なんて、たぶんカマボコ板程度の厚みしかない。手をつこうものなら、バッタリ倒れそうな柔な作りで。

「あっ……バカ、こらっ……動く、なっ……ん…っ……」

浮かせた腰をじれったそうに両脇から掴まれ、ぐいっと引き下ろされた。濡れそぼったアナルに、ずぶりと太い猛《たけ》りが沈む。

「ひ……あぁっ……」

中を掻き分けるような突き上げに、三丈は堪《たま》らず身を捩《よじ》った。

「……今、すげぇ締まった。やべぇな……こんな気持ちいいんなら……最初に会ったときから、ヤっときゃよかった」

「……って、最初って中二だぞ…っ……犯罪じゃねぇかっ」

「俺も中学二年だった」

「関係あるか。今だって、美少年と野獣のくせして…っ……あっ、くそ……まずい、そこ…っ、あっ……」

ぶるっと頭を振る。

——好き勝手しやがって。

睨みつけようとすると、野獣の両目がじっと自分の顔を見ていた。

「な、なに…っ……?」

「いや……よく喋《しゃべ》る口だな、ホント」

むっとなってパンチを繰り出すも、威力《いりょく》はなく、ぺちりと胸筋を打つ。温情を加えたのもあるが、精液ごと根こそぎ体力を搾《しぼ》り取られているせいだ。

「くそっ……おまえがしつこいから、力入らなくなっちまったじゃねぇか」

「……いいから、集中しろよ」

情けない思いでぐりぐりと胸に押しつけた拳を取られる。右も左も。両手を取って、指を一本一本絡みつかせるようにして握り締めた男は、分厚《ぶあつ》い腰で下から突き上げ、三丈の中を抉《えぐ》り始めた。

「あっ、あっ……そこ…っ、そこ……も…っ……」

ゆらゆらとした動きに合わせ、濡れた粘膜《ねんまく》が擦れる。中を広げ、太い棒で掻き回すみたいに腰をいやらしく回されると、唇を閉じていられなくなる。

赤い舌を覗かせ、三丈は何度も上擦《うわず》る声を上げた。汗に湿った栗色の髪を律動に揺らしながら、無意識に縋《すが》る眼差しを目の前の男に向ける。

視線だけでなく、低い声が返ってきた。

「ん？　どした？」

「べ、べつに」

「またイイとこ当たってんだろ？」

「うっさい」

反論に大した意味はない。狙いを定めてそこを弄《いじ》くられると、膨《ふく》らむ官能に声は次々と零《こぼ》れ落《お》ちる。

「や……あっ、あっ、んっ……」

繋いだ手を強く握り返しつつ、三丈は快楽に溺《おぼ》れた。

多真上のものは太いだけでなく、亀頭の張り出しがきつい。気持ちいいところをゴリゴリと擦られれば一溜まりもなく、もう何度も達した三丈の性器もまた悦《よろこ》んで涙した。

びっしょりと泣き濡れて反《そ》り返り、先っぽからは止まらなくなった先走りが溢れる。

「やっ、たまじょっ……おく……おく、嫌だ……」

「……奥もイイって、言ってたろうが」

「言ってないっ……」

「昨日言ってた。一昨日《おととい》も……」

耳朶《じだ》に嚙《か》みつくように唇を寄せた男が、吐息混じりの声を吹き込む。

根元までいっぱいに穿《うが》たれた後ろが熱い。追い出そうとギュウギュウに締めつけたところで悦ばせるだけに違いなく、抜け出してもまた戻ってくる。

尻を弾《はず》ませるような突き上げに、三丈の体は上下に激しく揺れた。天井の梁が迫《せま》って映るも、恐れる余裕はない。ぷらりと下がったライトなら実際何度か頭を掠《かす》めた。

ゆらゆら揺れる。明かりの消えたライトも、三丈の熱に浮かされた体も。いつしか目の前の締まった腹に両手をつき、自《みずか》ら尻を動かして男の性器を抜き差ししていた。

「……あっ……あっ、いいっ、イイっ」

「ほら…またっ……今日も、言ってんだろ」

「だって、おまえ…がっ……あっ、あぁ…っ……」

「もう出《で》そうか？」

「もっ……でねっ、出ねぇ…っ……何回っ、出したと……思っ…てっ」

本日分は終了しました。商売ならそんな札の立つところだ。

けれど、散々搾り取られて空っぽになっていてもおかしくない身の奥は未《いま》だぐずついていた。腹が熱い。奥からジンジンする。気持ちいいものが、今にも上がって弾けそうな具合に、三丈は多真上を締めつける内壁を震わせる。

「……や…っ……」

多真上は三丈の反り返った性器の先を指で拭《ぬぐ》い、溢れる体液をぺろりと舐《な》めた。

「もう一回くらい、イケんじゃねぇか。ザーメンの味がする」

味わうような仕草に、ドッと汗を噴きそうなほど体が火照《ほて》る。すでにチンポからケツ穴まで舐められた身でも、そんな風にされると特別な感じがする。

こいつ、本当に俺のことが好きなんだなって。

「……汁…っ、舐めるか、ふつう…っ……」

不満のように零しながらも、終了したはずの出玉はもうすぐそこまで来ていた。

ハアハアと吐く二人分の息と声が、狭い小屋に充満する。

熱気に満ちた小屋で、暖房器具もないのに汗を滲ませた二人は、やがて同時に達した。

最中も終わってからも、セックスによる充溢感《じゅういつかん》は覚えた。

体の相性はまぁ悪くないと思うし、実際気持ちがいい。

しかし、ものには限度ってものがある。

「あー、腰いてぇ」

この場合の腰とは、文字どおり背中から尻にかけての腰でもあるが、デリケートな穴の意味でもある。と、くだらない解説をして誤魔化したくなるくらいに、終わった後の賢者タイムは尻の違和感が半端ない。

本来用途の違うところを酷使《こくし》していれば当然か。賢者のローブはないが、カーキ色のニットにずぼっと頭を突っ込み、服を纏《まと》う三丈は「うし」と頷いた。

「決めた。今日から休みだ」

「は？　休みって、前から休みだろ」

「学校じゃねぇよ、セックスだ。しばらくおまえとはヤらない」

「……なんでだ？」

背後でまだ服を着ようともしない男は、萎《な》えてもデカいブツを隠そうともせず、胡座《あぐら》できょとん顔だ。

「おまえのペースに合わせてたら、身が持たねぇからだろうが！　異論はナシだ。交渉の余地もナシ。俺が『よし』というまで、大人しくオアズケされてろ」

犬は調教が必要だ。最初の躾《しつけ》が大事だ。

服を着終えた三丈は、素早く表に出る。湿度も気温も上がりすぎた小屋とは違い、外は清々《すがすが》しかった。

冬空は晴れ渡り、風も穏やか。トンネルのような橋の下を一歩出れば眺めもいいリバーサイドで、水量豊かな川が海へ向けてゆったりと流れる。

「まったく、こんな爽《さわ》やかな日になにをやってんだか」

相棒だか相方だかの男に、尻穴を犯されるのが日常になるとはだ。

暇のせいだ。冬休みに突入して、持て余し加減の時間がよくない。

「まぁ、ヒマなんて、あってもなくてもムッツリ野郎には関係ねぇんだろうけどよ」

川を前に腕組みで突っ立つ三丈は、もやりとした不満を罵《ののし》りに変える。

『好きだ』『たぶん俺も』とぶちまけ……いや、告白し合ったからには付き合っているのだろうけれど、お盛んなセックス以外は特に変化はない。

そう、クリスマスも同じだった。住人がパン工場の臨時バイトでケーキの残りを貰《もら》ってきたのに対し、多真上は『このケーキ、なんかジイサン載ってるぞ』と信じられない一言を発した。

『あ、そっか、サンタか』

などと訂正したところで遅い。一目でわからないのは有り得ない。もちろんキャンドルを灯《とも》して、『メリークリスマス！』なんてやる可愛げがあろうはずもなく、セックスの後にデザートを平らげて帰っただけだった。

思い返せば、もやりとし続けていたものが膨《ふく》らむ。

「だいたい、なんでケーキ食ってんだよ。イベント事なんて興味ねぇ奴が、ちゃっかり食い物にはたかりやがって」

服を着た多真上が小屋から出てくる気配を察し、三丈は聞こえよがしに言った。

「なんの話だ？」

「おまえの足りなさすぎるデリカシーについてだよ。イベントどころか、お付き合いのなんたるかもわかってねぇだろ。いや、俺はべつにいいよ？　俺は女の子じゃねぇんだから、食って寝るばっかでも文句は一つもございませんけど！　女の子だったら一回ヤらしてもらうには、たんと優しくしなきゃなんねぇんだぜ。メシ食わして、デートに雰囲気いいところに連れて行って、そんで彼女が喜ぶような言葉を捻《ひね》り出《だ》してだな……あ、だから俺は関係ねぇよ？　一般論をおまえにもわかるように説《と》いてやってだな……」

関係ないわりに止めどなく語る。

よく舌の回る三丈の傍《そば》まで来た多真上は、なにかを無言でぬっと突き出してきた。

短冊《たんざく》みたいな紙だ。二枚ある。

「なんだ、これ？」

「映画のチケット」

「……そりゃ、見りゃわかる」

「先週公開したばっかだって」

「いや、その情報じゃなくてだな。おまえが買ったのか？」

放っておくとどこまでも言葉足らずな男に、三丈はなけなしの根気を発揮しつつ問《と》い質《ただ》した。

「もらった。一万円以上買った奴に配ってる招待券だとかで、彼女とでも行ってくればって」

予想外の答えに話が一層《いっそう》見えなくなった。

「一万円って、おまえなに買ったんだよ？」

「なんも買ってねぇよ。勤めてる店のを礼にくれてさ」

「礼って？　なんの？　つか、誰の話だ？」

「一昨日、駅裏の駐車場んとこで痴漢《ちかん》に遭ってる女がいたから助けた。それで、なんか礼がしたいって言われてな」

「……ほう」

やっと話がつながった。

「美人か？」

「それ訊く必要あんのか？」

「男ならとりあえず確認しとくもんだろう」

多真上は「うーん」と低く唸《うな》りつつ、難題でも突きつけられたかのように目線を宙に彷徨《さまよ》わせる。

「髪が……長い。あと……細い」

「おまえに訊いた俺が悪かったよ」

ボキャブラリーが貧困なだけでなく、実際によく覚えてもいないのだろう。人の顔なんて記号程度にしか認識できていない男だ。

三丈は「そうだなぁ」と、もったいつけたように前置きした。

「おまえと映画なぁ……ま、ヒマだし、付き合ってやらねぇこともないけど？」


夕方、商店街を一人歩く三丈は、ブツブツと独り言を述《の》べていた。

「あいつ、映画の見方知ってんのか？　暗くなったら高いびきで、歯ぎしり始めたりしねぇだろうな」

映画鑑賞ぐらい小学生でもするだろうが、親に手を引かれてアニメに夢中になっている多真上なんて想像もつかない。橋の下での一人暮らしをカッコイイと言って、中学から自分とつるみ……いや、『惚れ込んで崇拝《すうはい》』してくるような変わった奴だ。

「恥かかされそうになったら他人の振りしねぇと」

そのためにもポップコーンは二つ買おう。食い物を一つにするとロクなことにならない。焼肉の記憶が頭をよぎった。弾けたコーンの粒をどっちが多く食べたかでケンカになるのはさすがに避けたい。

などとシミュレーションしつつも、商店街を闊歩《かっぽ》する三丈の頬は緩《ゆる》みっぱなしである。

――映画なんてデートって感じじゃねぇか？

ささパラのミケともあろう者が、まさか野郎とのデート、しかも相方のごとくいつも顔を突き合わせている男と出かけるくらいで浮かれているとは誰も思わないだろう。

無自覚に舞い上がり、すべてが雲の上だった。年末商戦の乾物屋が、利尻《りしり》産だか羅臼《らうす》産だかのお高い昆布を買わせようと呼び込む声すら心地いい。擦《す》れ違うバカップルへ送る視線までもが優しくなり、『末永く幸せにな！』なんて、意味もなく声をかけそうになる。実行したら不審者だ。

三丈はふわふわと歩き、いつものラーメン店へ向かった。ファールボール軒の相変わらず手《て》垢《あか》だらけの暖簾《のれん》をひょいと捲《めく》り、引き戸をからりと開ける。

特に年末の空気もない店は、夕食どきにもかかわらず空《す》いていた。窓際の四人掛けのテーブル席へ遠慮なく座る。注文をすませてラーメンが出てくるのを待つ間、いつの間にか増えた有名人の嘘臭いサイン色紙でも眺めようとしたところ、斜向《はすむ》かいに高校生グループがいるのに気がついた。

幾度となくケンカを売ってきては、『覚えてろよ！』と負け犬の遠吠《とおぼ》えのごとく捨て台詞《ぜりふ》を吐いて去って行くチンケな野郎どもだ。リーダー格の金髪を中心に四人いる。

一人ずつ待ち伏せして狙うという卑怯な手段を取ってくれたのは、つい一週間ほど前。女装のせいで三丈は危うくなったが、それも多真上がカタをつけた。

「今日は奢《おご》りのはずじゃないすか、山田《やまだ》さん！」

四人はなにやら揉《も》めており、こちらに気づく様子もない。

学ランのボタンも弾け飛びそうに丸々と太った一人が、隣で脱色した髪を耳にかけつつラーメンをズルズル言わせている山田に訴《うった》える。

「ダメだダメだ、奢りはラーメン一杯ずつだ」

「けど、替え玉くらいでセコイっすよ」

「ああっ？　替え玉くらいって、なんだテメエ、麺《めん》が勝手に天から降ってくるとでも思ってんのか⁉」

「お、思ってないっすっ！　思ってませんけどぉ、今日は年末だから忘年会代わりにご馳走《ちそう》してやるって言ったじゃないですか！」

「山田さん、それくらいいいでしょ。俺ら一応トッピングのチャーシュー増しは遠慮したんすから」

なにかと思えば、替え玉を巡《めぐ》って仁義なき戦いか。

「うるせぇ、四の五の言うな！　足りねぇなら脂肪でも燃焼してろ！　これ以上文句言うならその背脂《せあぶら》、ラーメンの出汁《だし》にすっぞ！」

こっ恥《ぱ》ずかしい奴らだ。

給水器でセルフで入れた水を飲む三丈は、プラスチックのコップをワイングラスのように優雅に傾けつつ、ハアと溜め息を零す。カウンターの向こうの店員を、ひらりと片手を上げて呼びつけた。

やがて注文のラーメンが運ばれてくる。三丈のテーブルだけではない。器用に四つのザルを片手で自《みずか》ら持って出た大将が、山田たちの丼《どんぶり》にヒョイヒョイと茹《ゆ》でたての麺を放り始めた。

麺が天から降ってくる。

「お、おい、頼んでねぇぞ?」

不意の替え玉に戸惑う山田に、大将はにこりともせずに答えた。

「あちらのお客様からです」

「はぁ?」

男たちは揃ってぎょっとなった。

「み、ミケっ⁉」

洒落《しゃれ》たバーじゃあるまいし、カクテルよろしく替え玉を身銭《みぜに》でふるまったのは三丈である。

「せこい会話でうるさいからよぉ」

「テメっ、こんなとこでケンカ売る気かっ……！」

今までどんなところだろうとケンカを売ってきた奴らが、キャンキャンと騒がしい。

一触即発、椅子をガタガタと鳴らせて立ち上がる連中を前に、三丈は涼しい顔で手に取った箸《はし》をパキリと割った。

「まぁまぁ、みんな仲良く食ったらいいじゃねぇか。今日のところは俺の奢りだ」

「……はぁ、なに言ってんだおまえ?」

本来、三丈だってケチで赤貧だ。しかし年中金欠だった身は、キャバクラのバイトのおかげでまだ懐《ふところ》は温かく、なにより今日の三丈は機嫌がよかった。

箸が転がっても愉快なお年頃は、箸が等分に割れただけでも喜ばしい。

「なんだ、肉が足りないってか? しょうがねぇ奴らだなぁ。大将、チャーシューもつけてやって。これも歳末《さいまつ》助け合い運動だ」

「み、三丈……おまえ、なんか変なもんでも食ったか?」

替え玉のみならず、チャーシューの合わせ攻撃だ。毒気もケツ毛も抜かれたようになった男たちは、突っ立ったまま呆然と宿敵であるはずのささパラの用心棒を見る。

誰の目にも顔立ちだけは美形の三丈は、桜色の唇をウフフと綻《ほころ》ばせ、そのガサツかつ凶暴な中身を知る人間にとっては気味の悪すぎる笑みを浮かべた。

「や、山田さん、怖《こ》ぇえよ」

「バカ、怯《ひる》むなっ!」

山田は舎弟《しゃてい》の後頭部をバコッと叩く。スマイルのままラーメンを食べ始めた三丈は、惜《お》しみなく上機嫌だった。

とはいえ、遠足や祭りは当日よりも前夜が興奮のピークだ。

デートもまた然《しか》り。

翌日。映画館のスクリーンを見つめる三丈のダダ下がりのテンションは、内なる心の呟きとなって零れた。

——まぁこんなもんだろう。

もちろん映画の感想ではない。悲恋のラブストーリーに周囲では嗚咽《おえつ》が漏れ始め、涙も鼻水もハンカチが吸い取るクライマックス。後方のカップルシートの二人はといえば、冷めた目で画面を観ていた。

いや、鑑賞しているのは三丈だけだ。高いびきこそかいてはいないが、いつの間にか後頭部を全力でシートの縁《ふち》に預けた男は、かっくりと九十度に首を反らし、ポップコーンも投げ込めそうなほど心地よさげに口を開けて爆睡している。

シートがカップル仕様で、実際座っているのもカップルであっても、こうもカップルらしくならないでいられるとはだ。

この際、野郎同士であるのは関係ないだろう。

——知ってた。こういう奴だって、よっく知ってた。

予想どおりながら、その口にポップコーンの残りをギュウギュウに詰めてやりたくもなる。鼻の穴まで詰めても足りない。

「いい椅子だったな〜」

エンドロールも終わって明るくなると、多真上は豪快に伸びをしつつ映画ではなく映画館の感想を述べた。

「へぇ〜満喫《まんきつ》できたようで、なによりだな」

「おう。腹減ったな、飯でも食いに行くか」

多分に棘《とげ》のある言葉にも動じず、睡眠欲の後は食欲。動物だってもうちょっと本能以外も持ち合わせているのではないか。

「まぁ、もう昼過ぎだしな。けど、人多いな……」

日曜ではないけれど、表に出れば冬休みの大きな街は若いカップルの姿が目につく。年末で買い物客も多く、レストランやカフェなどはどこも混んでいそうだ。

頭を巡らせる三丈に対し、傍《かたわ》らで多真上は事もなげに言い放った。

「ラーメンでいいか?」

「はぁっ?　おまえまさか、ファールボール軒に行く気か!?」

「なんだ、嫌なのか?」

「嫌っていうか……昨日も行ったし」

「そうか、じゃあ……駅前のバーガーにすっか」

駅前とは、むろん学校と自宅の最寄《もよ》り駅のことに違いない。世の中にはこれほど店も娯楽も溢れているというのに、普段となに一つ変わりない行動を取る男に呆れる。

――いや、だからこんなもんだろう。

相手はタマジョーだ。趣味が耐久《たいきゅう》マラソンと壁上りの筋肉バカだ。

試しに……というか、もう口を開くのも億劫《おっくう》になって黙ってみれば、案の定《あんじょう》ろくな会話もない。駅に向かい、電車に乗って、無駄に多い乗客にギュウギュウに押されてつり革を握る手の握力を鍛《きた》える間、天気の話題さえなかった。

倦怠期《けんたいき》のカップルだって、もうちょっとなにかあるってもんだ。

唯一ドキッとしたのが、バーガー屋のテーブルで向き合ったときだった。小さな二人掛けのテーブルと作りつけの椅子では狭苦しそうなガタイの男は、ポテトに伸ばす手を止め、じっと三丈を見つめてきた。

「な、なんだよ?」

「おまえなんか変なもんでも食ったのか?」

「な、なんでだ?」

「いや、なんか……いつもと感じが違うと思って」

遠慮も恥じらいもない男に、真顔でその黒い双眸を向けられると、三丈の心臓は無駄にドンドコと鳴り始めた。祭りだ、祭り、フェスティバル。

視線を逸《そ》らしてトレイに視線を落とせば、いつも以上にサラサラの髪が額《ひたい》の上で揺れる。

「あっ、そうか、あんま喋らねぇからか。やっぱ腹でも痛ぇのか？」

「痛くねぇよ、快調だボケが」

「……なに怒ってんだ？」

「怒ってねぇし、俺はいっつもこんなだろ」

反論にしばし沈黙した男は、「そっか」と一言。考えてみて納得したらしい。何事もなかったかのようにポテトを摘《つ》まみ始める。

失礼な奴だ。それ以上に、鈍《にぶ》い奴だ。

女装をしても本質的な違いがわからないと言っていた男に、朝風呂だの念入りに施《ほどこ》した髪のセット具合だのがわかろうはずもない。

髪がサラサラなのは、湿度が低いからなどではなかった。

普段はささね湯で夜の清掃の手伝いの際に入る風呂に、今日は朝入らせてもらった。いい匂いのする女湯のシャンプーをちょっくら拝借《はいしゃく》し、マイナスイオンだかナノイオンだかの発生するドライヤーで丁寧にブローした。

おかげで栗色の髪はサラサラ。服も手持ちの中からマシなものを選べば、街一番の美少年のできあがりである。

道ゆく人の視線も痛痒《いたがゆ》いくらいなのだが、それもこれも目の前の男は気づいちゃいない。すべてが折り込みずみの想定内でも、こうも変化がないとあっては、溜め息の一つもつきたくなる。

私服でも薄着の多真上は、長袖《ながそで》のグレーのカットソーに黒のナイロンブルゾン。ニットの類《たぐい》を着ているのはあまり見たことがない。

型崩れしやすく、汗も吸わないから嫌なのだとか。服選びの基準が丈夫さと運動のしやすさとは、およそ金持ちの息子の考えることとは思えない。

——一体、どこがよくて俺はこんな野郎と。

変化のない髪型も、どうせ楽だからとかいう理由に決まっている。

ガラス越しに午後の光を受ける顔は、愛嬌《あいきょう》もない仏頂面《ぶっちょうづら》だ。

男らしくがっしりとした骨格で、鼻も高いので陰影は深い。睨《にら》んでもないのに無駄に鋭い切れ長の目に、食事と爆睡以外はグッと引き結ばれた唇。

三丈は『ん?』となって、その顔を見た。

一つも部品は悪いところがない。悪くないのだから、寄り集まってもそれなりに見える。

——コイツ、やっぱわりと男前じゃねぇか?

まるで馴染みすぎて嗅《か》ぎ分けられない匂いだ。側《そば》にいすぎて造作《ぞうさく》の良し悪しを見分けづらい三丈は、視力でも落ちたかのように目を細め気味にして、じぃっと凝視する。

「なんだ?」

さすがの鈍い男も気づいた。

「べ、べつに。てか、今からどうすんだよ?」

「そうだなぁ、映画も観たし……帰るか」

「帰るって、うち来ねぇのか?」

流れから行って、どうせ学校帰りのように橋の下でダラっと過ごすのだろうと思っていた三丈は、やや意表を突かれた。

「いい、今日はやめとく。エロいことは当分休みなんだろ?」

休みだったら来ないのか。

思わず口をついて出そうになった言葉を、ゴクッと飲んだ。よろしくない。その響きはまるで、来てくれないと拗《す》ねてでもいるかのようだし、そもそも『目的はそれ以外ありません』と断言されたも同然だ。

『体目当てです』ってか。潔《いさぎよ》いことで。

「まっ、せっかくの『休暇』ですし? 俺も小屋で一人で伸び伸びさせてもらうわ。伸びるほどの広さはないけどよ」

「おまえ、今日はバイトはないのか?」

内心ムッとしつつ、三本まとめて引《ひ》っ摑《つか》んだポテトを口に押し込もうとしていた三丈は、

「うっ」となる。

その話題は鬼門《きもん》のはずだった。辞めるとほのめかしていた『ラズベリー』のキャバ嬢《じょう》を三丈は続けており、週に数回はアキとして女装姿で店に通っている。

人手不足ですぐに辞めてもらっては困ると、店長に懇願《こんがん》されたのだ。多真上にもそう話したが、そんな大人の事情でこの本能のみで生きている男が納得できているとは思えない。

戦々恐々《せんせんきょうきょう》。相棒の懐《ふところ》が案外狭いのは、須田《すだ》の一件でよく知った。

「きょ、今日はねぇけど」

「ふうん、次いつなんだ？」

「あ、明日は出るつもりだ。ほら、年内最後だって言うからさ、顔出して常連に挨拶《あいさつ》ぐらいしとかねぇと。あれだぞ、『お世話になりましたぁ〜来年はいつまでいるかわかんないですけど〜』って言うだけだからな？　チョロ甘い商売っつっても、挨拶くれぇはきちんとしねぇと！」

「へぇ、頑張れよ」

早食いで食事を終えた男は、咥《くわ》えたストローでコーラを飲み干しつつ言った。笑顔もないが、眉間《みけん》に皺《しわ》を刻《きざ》むでもない。極めて淡白な、面白みのないいつものタマジョーだ。

三丈は恐る恐る確認する。

「頑張っていいのか？」

「人が足りてねぇんだろ？　おまえも稼《かせ》がねぇと、正月準備には金もかかるしな」

ささパラの小屋には立派なしめ縄《なわ》も門松《かどまつ》も不要だ。正月も平常どおりの三丈に収入アップの必要はなく、バイトの続行で機嫌を損《そこ》ねていると思いきや、やけに物分かりがいい。

須田はあれから店には来ていない。一度、駅の近くで偶然見かけた。制服姿で擦れ違った三丈に須田は気がつかず、ちょっとだけ肩透かしを食らうと同時に、次はまっとうな可愛い子とでも出会ってくれればいいと思った。

とはいえ、『ラズベリー』にはほかにもアキを贔屓《ひいき》にする客はいる。

多真上の反応は意外で、神経質になられても困るが余裕をぶっこかれてもなんだか面白くない。

「変われば変わるもんだなぁ、おまえも。俺がちょぉっと貢《みっ》がれたくらいで機嫌悪くしてたくせして」

「なんの話だ？」

「とぼけんなって～、花もらっただけでも……」

ツッコミを繰り出そうとしたところ、多真上が上着のポケットから携帯電話を取り出した。音は聞こえなかったが鳴ったのだろう。

交友関係は限りなく狭い男だ。珍しいなと思いつつ様子を窺っていると、届いたメッセージに返信し、おもむろに立ち上がった。

「じゃあ、俺帰るわ」

「……はっ？」

思わず声が出た。

左手にハンバーガー、右手にポテトを数本。両手に携《たずさ》えた三丈はまだ食べ終えていないにもかかわらず、マイペース極まりない男は言い放った。

「用ができた。メシも食い終わったし、先に帰る」


映画は観た。

食事もした。

だがしかし、それ以外の予定は特にないとはいえ、メシが終わったら……いや、終わる前から『じゃ！』なんて速《すみ》やかに現地解散のデートやいかに。

行く当てもないのにダラダラ、『この後どうする？』なんて寒空《さむぞら》の公園を歩いて手を繋《つな》いだり、時間潰しに入ったゲーセンで彼女の欲しがるぬいぐるみを取ろうとして散財《さんざい》したり、プリクラで黒歴史を焼きつけるのが正しいデートではないのか。

「……いや、彼女じゃねぇし、タマジョーとプリクラとかありえねぇし」

突っ込むべきはそこではなかったが、一人で店を出て歩き始めた三丈はブツブツと恨《うら》み言《ごと》を吐く。

コートのポケットに両手を突っ込んで歩く姿は、制服でなくともささパラのミケのオーラで、もはや箸が転がっても切れそうな形相《ぎょうそう》だ。

ムシャクシャしていた。こんなときこそ誰かケンカでも売ってくればいいものを、それらしい気配はまるでなく、平和な街は先ほどと変わらずカップルの姿ばかりが目につく。

——どいつもこいつも、冬休みで浮かれやがって！

赤の他人のバカップルの幸福など祈ってやる余裕はとっくにない。他人の幸せを願うには、まずは自分が幸せになることだなんて、そういえばささパラの長老のじいさんも言っていたっけ。

赤信号に足止めまで食らい、不機嫌も最高潮。ふと脇を見れば、四つ角に面したビルのカフェの窓際席には、川にぷかぷかと浮いたカモのように番《つが》いのカップルが並んでいる。

舌打ちでやり過ごそうとして、気がついた。

三丈は踵《きびす》を返し、ずんずんと店の入り口へと向かう。

「いらっしゃいませ。あいにく満席ですので、お待ちいただきますが……」

午後のティータイム。迎える女性店員は申し訳なさそうに言うも、三丈は動じず混雑回避の提案をした。

店員が向かったのは奥の窓際席だ。優雅に通りを眺める特等席に座ったカップルに、そろりと声をかける。

「ご、ご相席《あいせき》よろしいですか？」

不意の問いに、片割れの男はぎょっとなる。

「はぁっ？　いいわけねぇだろっ、なに言ってんだ……」

色を抜いた髪の男だ。相変わらずの時代錯誤《さくご》な装《よそお》いながらも、少し落ち着いたようにも見える黒いスタジャンの山田は、了承もなしにすとんと席に腰を落とした三丈に目を剝《む》く。

「み、ミケっ!?」

「ちょうど良い席が空《あ》いてると思ってな」

「テメエ、なに考えてっ……」

「まぁ、俺のことは気にせずデートを続けてくれたまえ」

淡々とテンションも低く言い放ち、メニューに手を伸ばした。

「山田さん、お友達ですか？」

テーブルを挟んで座っているのは、ちんまりと華奢《きゃしゃ》な印象の女の子だ。取りたてて美人ではないが、愛嬌《あいきょう》のある丸っこい目をしていて、まぁ可愛いと言える。

同年代にもかかわらず畏《かしこ》まった敬語は、まだ関係が浅い証拠だろう。デリケートな発展途上か、もしくはよほど育ちのいいお嬢様か。

「どうも、はじめまして。山田くんと仲良くさせてもらってる三丈です。どつき合うも多生《たしょう》の縁って言うでしょ？」

「えっと……もしかして、『袖《そで》振り合う』ですか？」

「そうそれ。彼女さん、賢いなぁ！」

三丈はにっこりと笑《え》んだ。

「席が空いてなくて困ってたところで、ついうっかり……あっ、もしかして迷惑？」

「め、迷惑なんてそんなっ、どうぞ座ってってください」

「はは、もう座ってるけどね」

ぐいとブルーのニットの脇を引っ張ってきた山田が、器用に声を潜《ひそ》めつつ凄《すご》んだ。

「ミケぇ、テメエ、なんの真似だっ！」

「べつになんも。幸せそうなカップルの空気吸わせてもらおうと思って。はぁ、美味《うま》い空気だな。山田くんにこんな可愛い彼女がいたとはねぇ」

「かっ、彼女じゃないっ、まだ……」

口ごもる男の頬が赤くなった。多真上と違い、随分とわかりやすい男だ。

「照れる山田くんなんて、ボク初めて見たよ。へぇ、これからの関係なんだ？　今が大事な時期だねぇ」

「悪魔か、テメエは。昨日の天使面《づら》はどうしたっ！」

「え？　山田くんは昼は淑女《しゅくじょ》で夜は娼婦みたいな女が好みだって？」

「わーっ‼　なに言ってんだバカっっ‼」

口元を塞《ふさ》ごうとしてくる手を振り払う。

「山田さん？　どうなさったんですか？」

きょとんとした顔の彼女は小首を傾《かし》げ、山田はぶんぶんと首を横に振った。

「おい、帰れっ！　帰れよ、ミケっ！」

『頼むから』と懇願されなくとも、必死の目が語っている。

三丈は微笑みに唇を綻《ほころ》ばせた。

「あれ、そういや欠けてた前歯は治ったんだ？　あのままじゃ、ちょっと女の子はデートに誘いにくかったもんね。ふうん、治療代、どっから出たの？」

むろん、訊くまでもなく想像はつく。ケンカの途中で奪われた金は多真上が取り戻したが、やはり元の百万には数万円足りないままだった。

面構《つらがま》えは天使でも、中身はまさに悪魔。三丈の白い顔を見つめ返す山田の頬の筋肉が、ヒクッと痙攣《けいれん》するように動く。

「み、三丈くんは喉が渇《かわ》いてるんだろ？　なにが飲みたいのかな？」

「ありがとう。山田くんの奢りかぁ、嬉しいなぁ！」

三丈は大げさに喜んだ。実際、思いがけない『知り合い』との出会いで、黒く染まった心も洗われる。

ヤンキーグループを率いる山田は、昭和の懐古《かいこ》趣味なだけあって純粋なのか。不良少年とお嬢様なんて、まさに大昔の少女漫画のようではないか。いとをかし。

なんて、注文したコーヒーが運ばれてくる頃には考える余裕も出てきた。

小さめの白いカップを手に、クンと鼻をひくつかせる。

「はぁ、いい香りだ。とても心が落ち着く。エスプレッソコーヒーなんて贅沢《ぜいたく》な嗜好品《しこうひん》、ボク久しぶりだよ」

胡散臭《うさんくさ》い作り声で語りつつ、穏やかに豊かな香りを嗅《か》ぎ取《と》ったそのとき、ガラス窓の向こうに知った顔が見えた。

見紛《みまが》えようもない。さっき理不尽に別れたばかりの男だ。

「みっ、三丈くんっ⁉」

ガシャン。カップを指から滑《すべ》らせ、割れんばかりの音を立ててソーサーへ落とした三丈に、ビクッと竦《すく》み上《あ》がったのは誰より山田だった。

「どっ、どっ、どうしたのかな？」

どうしたもこうしたもない。

呆然とガラス窓の向こうへ送る三丈の視線の先では、仏頂面の男と笑いかける女が並んでよぎっていく。

揺れる長い髪と、コートの上からでもわかる細身のスタイル。いくらか、いやだいぶ年上のようだが結構な美人だ。

『帰る』と言い放って消えた多真上は、一人ではなく女連れだった。

ささねパラダイスの正月は賑《にぎ》やかだ。

日々の暮らしで精一杯の住人たちに正月準備をする余裕はないが、三《さん》が日《にち》はボランティアによる炊き出《だ》しが行われる。今年は誰が持ってきたか、入り口の看板にしめ縄まで飾られていた。ベニヤ板の『ささねパラダイス』の文字の上に、百円ショップで購入してきたようなしめ飾り。怪しげかつ安っぽいが、細かいことを気にする者などいないし、雨風にも晒《さら》される川縁《かわべり》にはこのくらいがちょうどいい。

大事なのは、胃袋を膨《ふく》らます食事だ。正月の炊き出しは普段よりも豪勢で、心なしか……いや、はっきりと住人の数が増えていた。

根城《ねじろ》が違うだけならまだしも、丘の上の邸宅に住む奴まで混ざり込んでいる。

「しれっと並びやがって」

河川敷《かせんじき》に伸びた列に加わる多真上《たまじょう》のジーンズの足を、三丈《みたけ》は背後から膝《ひざ》で蹴《け》った。

「俺もここの役に立ってる」

「役に立ってるかどうかじゃねぇんだよ。おまえは家にあんだろ、豪華なおせちが」

しかし、届いた重箱の蓋《ふた》を開けたら、おせち料理の代わりに出処の黒い札束でも入っていそうな家だ。元旦から居心地は悪いらしく、多真上は午前中にはもうここへ来ていた。

「おまえこそ、家に……」

言いかけた男は言葉を飲んだ。寒さに白く零《こぼ》れる息が、引き結ばれた唇に途切れる。一丁前《いっちょまえ》に、触れてはならないと気を使ったのかもしれない。

「実家に帰らないの〜ってか？　正月くらい顔出すさ。夕方行くって伝えてる」

家族は毎年元旦の昼に初詣《はつもうで》に行くから、その時間は避けるつもりだ。初詣はどうぞ家族水入らずで。その頭数に、三丈の中で自分は入っていない。

まだ列は残っているというのに、なんとなく会話は途切れてしまった。

多真上は、ただじっと前を見据えている。気まずさなんて高等な感情を持つのは、自分一人に決まっていると思いつつも、その感情の見えない横顔を見ると心がそわそわしてしまう。

三丈は話を振った。

「そういやタマジョーさんよ、一昨日《おととい》はあれからどうしたんだ？」

「おととい……ああ」

何気ないつもりが不自然になる。

「用ができたっつって帰ったろ。誰かに会ったのか？」

「ああ、まぁ……こないだ痴漢から助けた女にな。礼がしたいって言ってたし、ちょうど仕事が早く終わったって連絡きて」

嘘も冗談も言えない男だ。どうやら本当らしい。

たしかに髪は長かったし、モデルのように細くて、あと痴漢《ちかん》に狙われそうかはともかく美女だった。しかし、一緒にいたのが助けた女だったとしても、その礼は映画のチケットで終わったのではないか。

「それで？」

「夜道は危ねぇし、また痴漢にあったらやべぇと思って送ってやった」

「へぇ、お優しいじゃねぇか」

――って、日が沈むまではどうした。

嘘はなくとも、答えになっていない。別れたのも見かけたのも、真っ昼間だ。お天道様《てんとさま》がポチャンと沈むはずもなく、飛び越えた時間こそが問題だった。

もやりとした思いを言葉に変えるべきか迷う間に、列の順番が回ってくる。

今年の炊き出しは数の子やら海老《えび》つきだ。巨額の寄付でもあったか、めでたい紅白蒲鉾《かまぼこ》まで載った紙皿と、正月らしく餅《もち》入りの豚汁《とんじる》のカップを受け取り、二人は橋の下へと移動した。

一脚だけあるディレクターズチェアが三丈で、小屋の前に積んだブロックが多真上。それぞれの定位置だ。

「三丈、五円玉置いてあるぞ？」

「誰かの差し入れだろ。ご縁がありますようにってな。賽銭箱《さいせんばこ》じゃないっつーの」

隅に避けたのか、どっかりと腰を下ろして多真上は食べ始め、箸《はし》を手にした三丈は紙皿を見据える。

「俺、数の子苦手なんだよなぁ」

「美味《うま》いじゃねぇか、プチプチしてて」

「それが嫌なんだよ。卵いっぱい食ってますって感じすんだろ」

卵であることを否定されては、数の子の存在意義が失われる。腰を浮かせた多真上が、箸を伸ばしてあっさり解決した。

「いらねぇなら俺が食う」

「いいけど、代わりになんか寄こせよ」

軽く拒否されるか蒲鉾でも差し出すだろうと思いきや、ひょいと真っ赤なボイル海老を皿に寄こされた。

海老は多真上も好きなはずだ。いつも食べ物に関しては譲《ゆず》らない、食い意地の張った野郎がどうしたことか。

「いいのか?」

「ああ、やる。正月だからな」

理由になっていない。多真上なりのお気遣い、正月の祝い方か。

「どうも」

三丈は困惑しつつも礼を言い、海老の殻《から》を剝《む》き始めた。後はどちらも黙々と食べるのみだ。炊き出しでは酒も振る舞われているようだけれど、未成年の二人におこぼれはない。自由な暮らしのようでいて、ルールを守って目立たぬよう息を潜《ひそ》めるのが、社会の隅っこで生きるには必要なことだ。

橋の下にはいつもの湿っぽい空気が漂う。

「……なんだよ?」

視線を感じて隣を見ると、多真上がこっちを見ていた。早食いの男の皿はとうに空《から》だ。まさか腹に入れた海老を返せとでもいうのか。

立ち上がると大きな手をこっちへ伸ばしてきて、三丈は思わず身を仰《の》け反《ぞ》らせる。

「な、なに?」

蒲鉾の残った皿にも三丈にも触れず、手は前髪を掠《かす》めただけで引っ込んだ。

「べつに、なんでもない」

「なんでもって……」

「登る」

唐突に背を向けたかと思うと、ウインドブレーカーを脱ぎ捨て、バキバキと肩や腕を鳴らす。分《ぶ》厚い体は、カットソー越しでも背筋《はいきん》が浮いてわかる。三丈はつい目を奪われてしまい、多真上は小屋の手前の壁へと取りついた。

『べつに』の後に続くのが壁登り。常人でない男の考えることはさっぱりわからない。正月からささパラの胡散臭《うさんくさ》いボルダリングを利用する者は、むろん多真上だけだ。

——無駄にエネルギーでも有り余ってんのか？

コンクリートの壁に打ち込まれた石や貝に手足をかけ、するすると我が庭のように登って行く。一登りでは足りないらしく、天井まで到着してはもう一度。登っては下り、登っては下り、永遠に再生の続く動画でも見せられている気分だ。

「おい、暇ならなんか喋《しゃべ》れよ」

不満げに言えば、むすりとした声が返ってきた。

「おまえも喋ってねぇだろ」

「俺は考えてるからいいんだよ」

「なんだ、そりゃ」

今もそうだが、だいたいそうだ。口を開かずとも、頭は愚《ぐ》にもつかない思考が占《し》めており、空っぽなんて滅多《めった》にない。

自分以外もそうなんだろうか。

昔はよく気になった。今よりもずっと。

キッチンで無言で四人分の夕飯の支度をしている母親の頭ん中、リビングのソファでテレビのリモコンを握り締める義父《ちち》が、つまらなさそうに頻繁《ひんぱん》にチャンネルを変える理由。小学校に

もまだ上がっていない弟の考えることさえも。

みんな気になりすぎて、頭の中が忙しくて疲れた。

それに比べて、ここは一人の時間が多くて楽だ。

――今は一人ではないけれど。

「よっ」と声を上げ、再び登りかけた壁から飛び降りた男は、ずんずんとこちらへ向かって歩いてくる。

「いや、タマちゃん、こっちに来てほしいわけじゃなくてだな……」

身構える三丈はディレクターズチェアの柔《やわ》な背もたれにぐっと体を押しつけ、多真上はぼそりと……だがはっきりと言った。

「好きだ」

目が点になるとはこのことだ。

「……は?」

なんの冗談だと思った。

「はぁっ!? な、なに言ってんだおまえ」

「なんか喋れって言うから」

困ったようにボリボリと黒い髪をかき回す。困ったのはこっちだ。

「そ、そうじゃねぇよ、もっとフツーの会話だよ、普通の! あるだろ、天気の話題とか最近どうしたとか」

「最近……」

三丈が求めたのは、間を埋めるための軽い世間話にすぎない。言われたとおりに記憶を探《さぐ》ったらしい男は、沈黙ののちに口を開く。

「昨日な……夜中に走りに行ったら、ハライタでまいった。公園でやっとトイレ見つけたと思ったら、一つしかねぇ個室になんかカップル入ってやがるし。こっちは、クソしてぇのに……」

「ストップ。もっとマシな話ねぇのかよ。つか、年越しまでランニングかテメエは」

除夜《じょや》の鐘の鳴る頃に、煩悩《ぼんのう》を振り払うどころかイチャついている奴らも大概《たいがい》だが、新年早々シモの話を繰り出す男も似たようなものだ。

三丈は、ハアと聞こえよがしの溜め息をつく。

「ほんっと、おまえはコミュ能力ゼロだな」

「だから、おまえがなんか話せって言ったんだろうが！」

「正月にテメエのクソの話なんか聞きたくねぇよ」

むっと多真上は眉根を寄せた。

「テメエだって、今クソっつってるじゃねぇか」

「俺のは意味が違うわ！　リアルクソじゃねぇし！」

「大した違いあるか、クソが！」

「クソっていう奴がクソだ！」

最低だ。とまでは思わなかったが、不毛な会話であることに気がつく。二人は同時に口を閉ざした。

『もういいからテメエは壁でも登ってろ』とばかりに、三丈はひらひらと手を振り、ご立派な背筋の背を多真上がこちらに向ければホッとする。

言葉とは裏腹に、心臓はうるさく鳴っていた。

冷たい風に吹かれたわけでもないのに、耳や頰が赤くなっている気がして、俯《うつむ》き加減になる三丈は前髪を顔に落とした。


好きっていうのは、つまりあれだ。

牛丼が好きか嫌いかの『好き』だが、花占いの『好き』でもある。

頭の中がアハハウフフに満たされた三丈は、冬休みも間もなく終わろうという商店街を、またふわふわの足取りで歩いた。

ハイヒールの足音も弾《はず》む。今日は『ラズベリー』のバイトで、ワンピースに白いコートを羽織り、見た目は金髪美女のアキだ。パンストの足がスースーするも、今は気にもならない。

一歩歩くごとに脳内のマーガレットだかガーベラだかの花びらを、『好き』『嫌い』と一枚ずつ引っこ抜く。なにぶん妄想なので、どこで終わらせるかは当人の自由である。

――あいつはホント、ダメだな。大事なこと言うのにムードも脈絡もねぇ。

大事なこと――そう考えると、また顔の筋肉が仕事を放棄する。弛緩《しかん》しきってニヤケた表情だ。

『好き』の花びら一枚を頭に残したところで、ふと足を止めた。

古臭い商店街の中でも、鮮《あざ》やかな色に満たされた花屋の前だ。

店先のバケツの花をむしろうとしたわけでない。深刻な顔をしてヤンキー座りで唸《うな》っている山田《やまだ》を見つけ、肩を叩けばビクッとわかりやすく跳ね上がる。

「おっ、おまえ……み、ミケ？」

まごついた反応は女装姿だからに違いないが、上機嫌の三丈は細かいことは気にも留めなかった。

「よっ、山田くん！　なんだよ、そんなに驚くことねぇだろ～」

あからさまにビクつき、迷惑顔でもある山田に極めてフレンドリーだ。

「彼女にプレゼントか？　お、マーガレット、あの子にぴったりじゃねぇか。花言葉も『真実の愛』だ。やっぱ花びらを引っこ抜くのに最適な花だけあるな、うん」

「引っこ抜く？　な、なんの話だ」

「花言葉はくれた店の常連から聞いたから、たぶん本当だぞ。アキはマーガレットなんて柄でもないと思うんだけどな。『俺の真実の愛です』なんつって渡されても、反応に困るっていうか～」

「だから、なんの話だよっ？　アキって誰だよ⁉　おまえ、なんで女の格好してんだよ、気色悪……」

『い』で締めようとして、山田は言葉を飲む。元が美少年なため、気持ちの悪さは皆無《かいむ》。なにぶん『ラズベリー』の面接すら、するりと通過した変貌《へんぼう》ぶりだ。

一緒に面接したのが、女装の多真上という落差も手伝ったかもしれないが。

「言ったろ、セブンティーンにはいろいろあんだって……おい、どこ行くんだ？」

「帰るんだよ。ついてくんな」

立ち上がった山田は両手をポケットに突っ込んで歩き始め、三丈はスキップでもしかねない調子で後を追う。

「なんだよ、花は買わねぇのか？　一緒に選んでやるのに」

「テメエなんざ、あてにできるか」

「おまえんとこの奴らより、よっぽどセンスはいいだろ～。がっつりと彼女のハートを鷲掴《わしづか》みにしそうなの選んでやるから、任せろキョーダイ！」

強引に肩に腕を回された男は、悪い夢でも見ているかのような目つきだ。

「……ミケ、テメエなんかヤバイ宗教でも始めたのか？　ハイになったり、ロウになったり、女の格好までして……ま、まさかクスリでも」

「バカを言え、真面目に暮らしてる。やだねぇ、疑い深い目しちゃって。キミとボクの仲じゃないか」

「どんな仲でもねぇっ！」

妙な組み合わせで商店街を闊歩《かっぽ》する。山田は諦めたように肩を抱かれるままになるも、三丈のほうは陽気なお喋りから一転、口を噤《つぐ》んだ。

「ミケ？　おい？」

軽口はばっさり終了。代わりにするっと腕を回し、手頃な首でも見つけたとばかりに締め上げる。

「ぐはっ……なっ、なにしやがっ……！」

見た目は女の細腕ながら、攻撃は的確だ。幼いときからクレイジーな父親に仕込まれた技は、無意識の行いだろうと気道《きどう》を一気に締めた。

山田は窒息《ちっそく》寸前、顔を真っ赤にして手足をバタつかせる。

「テメっ、ころっ、コロっ、殺す気か！　やっぱ信用ならねぇ……」

命からがら抜け出した男は涙目で睨むも、三丈の心はここにあらずだ。

見据えているのは喫茶店だった。クリーニング屋と、客なんて入っているのを見たこともない額縁屋《がくぶちや》の間の店だ。昭和風情《ふぜい》の喫茶の窓辺に、野獣が美女と向き合っている。

「なんだよ、多真上じゃねぇか」

呟き込みながらも、山田はのん気な声を発した。

「金髪女がおまえで、デマだったってことは……もしかして、あれが本物のタマの女かよ？」

「………あぁっ？」

「も、もう、なにも、言わね」

穏やかな空は一天にわかにかき曇《くも》り、晴れのち雷雨《らいう》。天使から再び悪魔だ。漲《みなぎ》る黒いオーラに気圧《けお》され、山田は両手をバッと上げた。

多真上が一緒にいるのは、先日見かけた女である。痴漢《ちかん》から助けたとか言っていたが、二度目も礼なら、三度目はなんだ。またお礼か。

――口実にして会ってるだけじゃねぇのか？

そもそも、映画のチケットだって怪しい。『彼女とどうぞ』と言っても、初対面で恋人がいるかどうかなんてわからないし、『相手もいねぇし、一緒に行くか？』などと誘ってくるのを見越してのことかもしれない。

女を誘う多真上なんて今一つピンとこないが、ムッツリの絶倫野郎なのはたしかだ。歯止めを失い、もはや穴であればなんでもいいという境地に達したのかもしれない。

とんだケダモノだ――

沙沙涅《ささね》町の治安は守ると一歩踏み出し、ギクリとなって再び足を止める。

ガラス越しの男が表情を変えた。

無表情がデフォルトの男が照れくさそうに笑んだのが見て取れ、会話は聞こえずとも『はっ』と零《こぼ》した笑い声さえ脳内に響いた。

三丈のヒールの足は、杭《くい》で打ちつけられたみたいに動かなくなる。

多真上だって、箸《はし》が転がっても楽しい年頃だ。笑い顔も、得意げな表情も見たことはある。怒り顔も、泣いたところさえも三丈は目にしていた。

——いや、あれは声聞いただけか。

泣いたのはカニにあたって三丈が寝込んだときだ。長い付き合い。どんな顔も自分だけは見ているつもりだったけれど、目の前の横顔はそのどれとも違う気がした。

「なんだよ、それ……」

女はなにを言ったのか。

あいつになにを言えば、そんな顔をさせられるのか。

息が苦しい。首も締められていないのに。

「み、ミケ?」

隣から窺う山田の声が響く。もう夕暮れ時で、淡く照らすオレンジ色の光の中で、ガラスの向こうの二人が立ち上がるのが見えた。店を出るつもりらしい。

「お、おわっ……！」

訳もわからず突っ立ったままの山田のスタジャンの首根っこを掴み、額縁屋との境の壁と壁の間に逃げ込んだ。やがて出てきた二人が、前をよぎって商店街を歩き始めたのが見えた。

「来い」

「なっ、なんで俺まで」

巻き込まれた山田を引き連れ、後を追いかける。

尾行したところでどうなるものでもないけれど、このまま見過ごすわけにもいかない。野性の勘か、多真上が背後を振り返りそうになる度《たび》、盾《たて》にした男の陰に隠れた。

「人を盾にすんなっ、俺だって面《めん》が割れてんだぞっ！　だいたいなんで隠れてんだ」

山田の言い分はもっともだったが、幸い気づかれることはなく、そのまま商店街を抜けて駅のほうまで向かった。

女の家へ行くつもりだろうか。刻一刻と暗くなる時刻。また『危ないから送る』なんて展開もあり得る。

一緒に改札を抜けるものと思いきや、意外にも二人はそこで別れた。

女は優しく微笑みかけ、どういうわけか駅まで送った多真上のほうがぺこりと頭を下げる。

——礼を言うようなことでもしてもらったのか？

「まさか、すでに事後……」

多真上は不似合いな小さな紙袋を手にしていた。白地に銀色っぽい文字。構内の明かりに反射して店名は読み取れないが、サイズはアクセサリーショップかなにかのもののようだ。

無骨《ぶこつ》な手がそれを差し出すと、女は首を緩く振った。

何事か言い、両手で押し戻す。夕方の駅は混雑しており、聞こえない声に焦《じ》れた柱の陰の三丈は強引な訳《やく》を施《ほどこ》した。

「……もらってください。いやいや、そんな高価なもの受け取れないわ。でも、あなたのために購入したんですってか」

「み、ミケ、おまえなにブツブツ言ってんだ？　なに受信してんだよ、こえぇよ！」

名残惜《なごりお》しげに女が手を振り、長い髪を揺らして改札の向こうへと消える。多真上はいつまでも見送りはせずあっさりと身を翻《ひるがえ》したが、三丈の限界はすでにきていた。

ウキウキと抜いていた妄想の花びらなんて、とっくに一からやり直しずみだ。

好き。嫌い。好き。嫌い。好き。嫌い。嫌い。嫌い――

残りは全部まとめてブチリと根こそぎ引っこ抜いた。

しゃらくせえ。

「おい、多真上！」

元より、コソコソするのは性《しょう》に合わない。

「わっ、わっ、なに声かけてんだよっ！」

ただならぬ気配を察知した山田はうろたえて身を引き、柱に背を貼りつかせる。

「あ？」

多真上が振り返った。

スカートから伸びたヒールの足で、三丈は仁王立ち《におうだ》。金髪のアキの格好にもかかわらず、まるでいつもの制服姿を目にしたかのように多真上は普通に反応する。

「なんだ、三丈か」

声にはほっとした響きさえあった。一体、こいつの目はどうなっているのか。節穴《ふしあな》か。

三丈はにこりともしないまま、男の手に残った紙袋を顎《あご》でしゃくった。

「なんだ、そいつは？　彼女に突っ返されたのか？　ザマアミロだな、この尻軽男が」

「はぁ？」

「そんなぁ、おつき合いもしてないのに受け取れないわ。ほかに良い方いるんでしょう？　いやいや、あいつとはすぐにも終わらせるんで。つか、単なる腐れ縁《くさえん》のダチですしってか！」

「三丈、おまえがなに言ってんのかさっぱりわからん」

しれっと返され、三丈のこめかみは金髪ウィッグの下でヒクッとなる。

漫画なら間違いなくピキリと青筋が立ったところだ。

ツカツカと歩み寄り、胸元に指の先を突きつけた。

「わかってたまるか、テメエみたいな本能しかねぇような奴によ！」

「どういう意味だ」

「性欲、食欲、睡眠欲！　それしかねぇだろうが！」

「それしかって、ほかになんかあるか？」

「……クソが」

本物のアホだ。アホで野獣だ。

「多真上、おまえには失望した。元々、大して期待もしてなかったけどな！　この浮気野郎が！　女相手にヘラヘラしやがって、穴があったら誰でもいいのかテメエは」

「いいわけないだろ、浮気ってなんのことだ？」

「そいつが動かぬ証拠だ。おまえが女にヘラヘラ貢《みつ》いでるってな！」

「さっきのは助けたって話してた女だ。これももらったもんで……タダじゃ受け取れねぇって言ったんだが、礼にもらってくれって」

「お礼、お礼って、おまえはなんべん礼をもらったら気がすむんだ！　聞き飽きたわ、そんな言い訳！」

口達者でもないくせにのらくらと躱《かわ》されているようで、癪《しゃく》に障《さわ》る。三丈は拳《こぶし》を振り上げ、勢いで繰り出した左フックを多真上はヒョイと一歩下がっただけで避《よ》けた。

「おい、落ち着け。おまえ変だぞ」

冷静に説教とはますます腹が立つ。

「調子に乗りやがって。だいたいエビくらいで俺のキゲンを取れると思うなよ」

「エビ？」

「ちょっと甘いこと言えば丸め込めるなんて、思ってんじゃねぇ。俺はそんなやっすい男じゃありませんから！」

言いながらにじり寄り、再び間を詰《つ》める。少しは焦《あせ》るかビビるかすればいいのに、動じない男は身を引くことさえせずにその場に立っている。

「だから、なんの話だ」

「……す、好きだっつっただろうが、その、俺に」

責める声はうっかり小さくなってしまった。

それが大事なことだったからだ。

大事で特別で、ときどきそっと開いて眺める宝箱の中身のように、三丈にとってはおいそれと人に見せるべきではないものになってしまったせいだ。

価値ある宝石でなくとも、河原で見つけた一番綺麗な石みたいなもの。

「あれは思ったことを言ったまでだ」

「思ったこと？　はっ、そうだろうよ。テメエは軽く思ったから、かるーく言ったまでだもんな、クソの話のついでによ」

「軽いとか重いとかあるのか？」

「知らねぇよ。重いほうが偉いなら、俺のほうが重い」

無茶苦茶な論理だ。そもそも浮気を裁断……いや、断罪するはずが、負けず嫌いも加わりおかしな方向へと向かう。

吠《ほ》えつかれてもどこ吹く風だった多真上の顔色が、その話になると少し変わった。

「三丈、おまえは自分から言ってねぇだろうが。告白した俺のほうが惚れてるに決まってる」

『惚れてる』なんて言葉に、この期《ご》に及んでドキッとしてしまう心臓が恨めしい。やっすい男みたいだ。

「俺はここぞってときにしか言わねぇんだよ。だからこそ、言葉に重みがあるんだ。重みが！」

「いつもペラペラとアホみたいに喋ってるくせしてよく言う」

「アホにアホって言われたくないわ、クソが！」

「クソって言う奴がクソじゃなかったのかよ」

無茶苦茶から支離滅裂《しりめつれつ》へと速《すみ》やかに移行し、小学生の罵《のの》り合いに等しい。どちらもアホに違いなかったが、なにぶん同レベルなため言い争いとしては成り立っており、制止する者も不在だ。

「めんどくせぇ」

改札前の小競《こぜ》り合《あ》いを避けるように流れる人波の中で、三丈は金色の作りものの髪を掻き回した。

モヤモヤするのにも飽きたし、うんざりだ。

「こんなの性に合わねぇと思ってたんだよ。多真上、こうなったら拳でカタをつけようぜ。勝ったほうが惚れてるってことでいいじゃねぇか」

多真上は黙った。

ハチャメチャな提案にもかかわらず、反論はない。

少し間を置き、静かに頷く。

「わかった」

戦いで勝ったほうが上。力を誇示《こじ》し縄張りを主張しようとする輩と、河川敷でいく度となくそうして雌雄《しゆう》を決してきた。

二人にとっては、もっとも馴染みのあるシンプルかつ後腐れのない決着法でもある。

「よし、そうと決まれば……あいつ、どこ行った？」

三丈はすっきりしたとばかりに、周囲を見渡した。これ以上巻き込まれまいと正しく隠れた山田は、柱の陰からチラチラと様子を窺っている。

「おまえ、大事なときになに消えてんだよ」

「えっ、なにっ、なんだよっ？」

間近で聞かれたほうが問題だろうけれど、未だ血の上った三丈の頭はろくに回らない。白い女物のコートの腕を山田のスタジャンの腕に回し、ぐいぐいと多真上の元へ引っ張り出す。見ようによっては、仲良く腕を組んでいるかのような仕草だ。

山田を突き出したときには、罵り合ってもさして表情を変えなかった多真上の眉間《みけん》に、深い皺《しわ》が二本刻まれていた。

「そいつなんだ、店の新しい客か？」

「は？　なに言ってんだ、山田だよ。ハカケの山田くん。ほら、よく見ろ。もう歯は欠けてねぇけどな」

「……ああ」

女装しても違いがわからないくせに、山田は学ランから私服に変わっただけでもう誰だかわからないのか。つくづくおかしな目をした男だ。

――てか、お客だったらダメなのか？　バイトも続けても気にならないんじゃなかったのかよ？

自分は浮気してるくせして、勝手なもんだ。俺はいいけどおまえは駄目って、まさに身勝手な男にありがちな暴論だ。

まぁいい。多真上がどういうつもりだろうと、白黒をつけるときがきた。

「山田、悪いがそういうことだ。おまえが見届け人になってくれ」

「は？　そういうことって？　見届け人って、なにがどうなったんだよ!?」

話がわからないでいる男を前に、三丈は傍《そば》のデカイ男を睨み据える。

これで舞台は整った。

「とにかく決闘だ、多真上!」


――と、これが昨年からのあらましである。

人の繋がりはときに脆《もろ》くも儚《はかな》い。友情は弾《はず》みで愛情に変わり、また舵《かじ》切《き》り一つで愚《おろ》かにも憎しみへと変わる。

そんな切ない男と男の愛憎劇を裏に、『ささねパラダイス』は滅多《めった》にない盛り上がりを見せていた。まだ正月松《まつ》の内《うち》と言っても、三《さん》が日《にち》も過ぎ、みんな退屈してきたところだ。明日から新学期という七日。七草粥《ななくさがゆ》なんてとぼけたものより刺激物を好む連中は、こぞって河川敷《かせんじき》に集った。噂が広まるのは早い。

人の集まるところ、商売っ気《け》を出す者もいる。どこで聞きつけたかテキ屋までもが出店し、タコ焼きからクレープ屋まで。売上倍増を目論《もくろ》み、『ささパラ頂上決戦!』のチラシが朝から周辺へと配られたせいで、見物人の野次馬はさらに増えた。

騒ぎにつられて祭りと勘違いした家族連れまで、タコ焼きをハフハフと頬張っている。

決戦は正午だ。

なんでも女を巡《めぐ》って争っているらしいとか、駅で小競《こぜ》り合《あ》いをしていたとか。噂の出処《でどころ》は山《やま》田《だ》のグループに違いなく、ただ一人の目撃者である山田も事態を正確に把握していないため、誰も真実には辿り着いてはいなかった。

事実は小説よりも奇なり。

よもや男同士の痴話《ちわ》喧嘩の末の決闘だとは誰も思わない。

久しぶりの制服姿の三丈《みたけ》は、パキパキと指の骨を鳴らす。

「やっぱ戦争は制服に限るぜ」

橋の下から引っ張り出してきたディレクターズチェアにどっかりと座り、開いた膝に両手を載せ、険《けわ》しい目で前を見据えた。

気合い充分。これで積もり積もった鬱憤《うっぷん》も晴らせると闘志を漲《みなぎ》らせるも、次第に眼光は鈍《にぶ》っていく。

「多真上《たまじょう》はまだか？」

未《いま》だ来ず。時間はとうに過ぎているにもかかわらず、多真上の現れる気配はない。

「はぁ、影も形も……」

近くにいた山田のグループの男が答える。ラーメンの替え玉を奢《おご》った、学ランのボタンも弾《はじ》けそうな巨漢だ。

「あの野郎っ、なに遅刻してやがんだっ！　もう十分過ぎてんじゃねぇかっ！」

「すっ、すいやせんっ‼」

「って、田中《たなか》ぁ、コルァ！　なにおめぇがミケに謝ってんだっ、馴れ合うんじゃねぇ！」

小気味いい音を立てて後頭部をはたかれた田中は、不服そうに本来のボスを見た。それにしても、ほかの連中も佐藤《さとう》だ鈴木《すずき》だと、揃いも揃って名前が極普通なグループだ。

「だって最初に山田さんが……」

「今日だけ特別に休戦してんだ。ふはっ、潰《つぶ》し合ってくれれば、それに越したことねぇからな」

「山田くーん、なんか言ったか？」

途中から悪代官のごとき耳打ちで聞こえなかった言葉にも、行儀悪く足を揺すって苛立ち真っ只中の三丈は敏感に反応する。

「あいつ、まさか来ないつもりじゃないだろうな」

十分、二十分——三十分。ただ待つだけの時が過ぎる。河川敷の賑わいは祭り囃子《ばやし》も聞こえてきそうなほど楽しげだが、三丈の表情は険しくなる一方だ。

「ま、まるで『巌流島《がんりゅうじま》の決闘』っすね」

田中が和《なご》ませようとでもしたのか言う。

「おっ、そういやそうだな、ムサシとコジローだろ？」

史実なんぞ疎《うと》いに決まっている三丈だが、珍しく知った話だったため得意げになった。

しかし、声を弾ませていられたのはとっかかりだけだ。

「コジローが待ちかねてるところに、ムサシが遅れて現れるんだよな？　そんでコジローが刀の鞘《さや》捨てて、『アホじゃねぇか、鞘捨てたら刀戻せねぇっつーの。後がねぇテメエの負けだ！』ってムサシがカッコよく決めて、木刀で一撃必殺……」

顔を見合わせたまま沈黙した。

田中は冬だというのに額に汗をドッと浮かべている。体型ゆえの汗っかきか、冷や汗か。この場は間違いなく後者だろう。

「べ、べ、べつに待たされたほうが負けると決まったわけじゃ……」

「なんだっ、俺がコジローだってのかっ⁉」

「めっ、めっそうもないっ‼」

ガッと椅子を吹っ飛ばしながら三丈は立ち上がり、タイミングを計ったように声が上がった。

「来たぞーっ！」

多真上のお出ましだ。もちろんここは島ではないので、舟ではなく徒歩だ。

人だかりが海でも割れたかのように道を開け、学校指定のブレザー姿の男が現れる。コートは着ていない。制服の多真上はいつもそうだ。

「三丈、悪い。待たせたな」

「人を待たせといて言うことはそんだけか？」

「すまん」

拍子抜けするやり取りも、急速にボルテージを上げる周囲の声が掻き消す。

「始まるぞっ！」

「『沙沙涅《ささね》の決闘』だ‼」

――微妙に縁起《えんぎ》の悪い言い回しするんじゃねぇ！

遅刻野郎がちゃっかり勝利なんて、そんな道理に反する話があってたまるか。

ギロリと見回すも、四方八方から上がる叫びに問題の一声を誰が放ったかはわからない。

包囲する人垣は多真上の登場で厚く堅牢になり、テキ屋の前から人の姿は消えた。

三丈は歩み寄る男と円の中心で向き合う。

「本当にやんのか、三丈？」

「なんだ、ビビって遅刻したのか？　この腰抜け野郎が」

「フン」

鼻息一つで答えた多真上は、無造作に臙脂《えんじ》のネクタイの先をシャツの胸ポケットに突っ込み、それを合図に三丈もコートをバッと脱ぎ捨てた。

「さぁて。今日こそ決着をつけてやろうじゃねぇか、多真上！」

「三丈、かかってきやがれ」

見届け人を押しつけ……いや、任命された山田の掛け声も続き、かくして決闘は始まった。

まずは三丈の強烈な左フック。巨漢もぶっとばす一撃だ。駅と同じく躱《かわ》されるも、すぐさま蹴《け》り出した右膝を重く腹へと入れる。

「日本人なら時間は守れよ、タマ坊。社会のマナーの厳しさ、教えてやるわ！」

「……くそっ」

多真上は身をくの字に腹を抱えた。しかし、次の瞬間にはもう体勢を立て直し、拳《こぶし》を振り上げてくる。回復の早さは脅威《きょうい》だが、三丈も素早さでは負けていない。ヒョイと華麗に躱す。左ストレート、右アッパー。フェイスへボディへ、間合いを詰めながら繰り出されるパンチ。ひらひらと避け、三発目は左手でガシリと受け止めた。衝撃に踏ん張った両足がそのまま後方へと滑《すべ》る。並の男なら吹っ飛ばされて遥か彼方《かなた》だ。

三丈は重い拳をギリギリと掴んだ。

「多真上、勝つのは俺だ。テメエに勝利して、俺が上だと思い知らせてやる！」

「はっ、おまえみてぇなぬるい奴が俺より上だと？　笑わせんな！」

どちらも譲《ゆず》る気はない。互いの眼光が鋭く光る。迸《ほとばし》る殺気にギャラリーは息を呑み、誰からともなく歓喜と興奮の声が上がった。

「おおっ！」

「あいつら、本気だぞっっ！」

たしかに本気だ。本気と書いてマジ。大真面目だが、二人が上だ下だと争っているのは『どちらがより惚れているか』という一点についてだ。

しかし、血気盛んで記憶力にはあまり自信のない二人なので、パンチの分だけ忘れてしまい

る。

ゴッと鈍い音が響いた。拳を取られたまま放つ多真上の頭突《ずつ》きが、三丈の白い額《ひたい》にヒットす

そうではある。

「いっ……痛えっ、テメっっ！」

「マヌケにデコ晒《さら》してっからだ」

「はっ、大して効いてねぇわっ、鈍ったんじゃねぇか？　手ぇ抜いてねぇだろうな？」

形は違えど攻撃は一発ずつ決まり、五分《ごぶ》と五分。そこから先は、ほとんど互角の戦いだった。

食らうよりは、避けるほうが多い。手加減しているわけではない。本気でぶつかったのは初めてとはいえ、いつも隣にいる分、相手の攻撃パターンは熟知している。

頭が記憶せずとも、体が知っていた。

「テメエの薄っぺらい攻撃なんざ、読めてんだよっ！」

「なんだと、おまえこそさっきからちっとも当たってねぇだろうがっ、ノーコンがっ！」

「遅刻野郎に言われたくないわっ！」

右へひらり、左へするり。パンチも蹴りも、躱し躱され。動きばかりは大きく派手だが、ヒット率が低いせいで終わりは見えず、見ようによってはステージいっぱいにダンスでも踊っているかのようだ。

「……なんて言うか、息合ってるっすね」

人垣に身を寄せた田中はぼそりと零し、山田にまた頭をはたかれた。

「感心してんな！　どっちでもいいからさっさと決着つけてくれねぇと、こっちが風邪引くわ」

じっと終わりを待つには、冬の寒さは適していない。クシュンと学ランで薄着の山田はクシャミを零《こぼ》す。

長い長い、膠着《こうちゃく》状態。しかし、均衡《きんこう》とは些細《ささい》なことで崩れるものだ。

流れを変えたのは、一条の光だった。

どんよりと空を厚く覆《おお》っていた雲が切れ、谷間から太陽がチラと顔を出す。すっと地上に伸びた光は沙沙涅川の川縁《かわべり》まで届き、そこに集う人も、円の中央で争う二人も、みな均等に包み込んだ。

柔らかに降りた陽光に、三丈は目にした。

見てはならないものを。

多真上の唇の端の赤い色にドキリとなる。

最初は血と見間違えた。唇か口内を切ったのだろうと思ったけれど、血が滲《にじ》むほど顔へのパンチは決まっておらず、薄く残ったその色はよく見れば赤というよりもローズだ。

駅で別れた、あの長い髪の女の唇の色。

そう判断するのにかかった時間は、おそらく一瞬だった。

「……クソが」

気づいたときには低い唸《うな》り声を漏らし、三丈は多真上の制服の胸ぐらを摑み上げていた。同時に今までと比較にならない速さで振《ふ》り被《かぶ》った拳が、男の右頰を強襲《きょうしゅう》する。

バキッと見物人も目を背ける音が響いた。

「……ぐ…はっ」

度合いも色合いも違えた一撃に、バランスを崩して後ずさりながら多真上は怪訝《けげん》な声を上げる。

「……み、三丈っ？」

三丈は構わず唇を嚙み締め、続けざまに拳を振るった。

「おっ、おい、どうした？　急に……」

「どうしたもこうしたもあるかっ！　遅刻した理由はそれかっ？　女と会ってて、ちょっくら遅れましたかっ⁉」

「女って……ちょっと待てっ、落ち着けっ！」

見た目は多真上のほうが形勢不利。追い詰められたように映るも、勝負に冷静さを欠くのは禁物《きんもつ》だ。

三丈の攻撃は無茶苦茶だった。勢いばかりが先走る。もはや間合いもまともに測《はか》っておらず、人垣に飛び込んだ。「わわっ」と逃げ惑うように見物人は退《しりぞ》き、ついには人の輪を飛び出して場外へ。

避けるだけで精一杯の多真上を追い、草《くさ》っ原《ぱら》を進む。

「三丈っ、落ち着けってっ、おいっ……」

埒《らち》が明かない。飛びつく勢いで出した拳を躱された。倒れても受け身ですぐに立ち上がるつもりだったが、三丈の目に映ったのは地面ではなかった。

川の流れが見えた。絶えず流れる、深く暗い色の川の水面。

無我夢中で追ううちに、落差のある河川敷の端まで来ていたのだ。

落ちると思った。

「三丈っっ‼」

声がした。

手を伸ばされた背中より、首に衝撃を感じた。シャツごと制服を引っ摑まれ、首が締まる。

猫のように首根っこを捕らわれながら、三丈は脇へぶん投げられて地面へ倒れ込んだ。バランスを崩した多真上も一緒だ。二人は縺《もつ》れ合《あ》ってゴロゴロと転がり、コインの裏表かサイコロの目みたいに何度か返って、最後に空を仰《あお》いだのは三丈のほうだった。

「……余計なことしやがって」

冷たい地面に横たわる三丈の発した言葉に、覆い被さる男はむっと眉を顰《ひそ》める。

「べつに助けたわけじゃねぇ。て、手を伸ばしたとこにたまたまおまえがいただけだ」

言い訳としては相当に苦しいだろうが、三丈も救われたなんて思いたくはない。

「それで偶然助けてしまいましたってか、マヌケだな」

「おまえこそ、熱くなりすぎだろうが」

「余所《よそ》の女とキスされても冷めてる奴がお好みか？」

唾《つば》を吐きつけてやりたくとも、この体勢では自分に降りかかるリスクが高いので止めた。

それくらい考える程度には、理性が戻ってきた。

「キスってなんのことだ？」

「とぼけんな、口についてるそりゃなんだ。あの女の口紅じゃねぇかよ」

多真上は思い出したように唇を手の甲で拭《ぬぐ》い、その仕草がまたムカついた。衝動的に蹴り上げようとしたが、一足早く言葉が返った。

「これは俺の口紅だ」

三丈は目を瞠《みは》らせる。

また謎の文句だ。よく考えても頭に入ってこない、多真上お得意の宇宙語だ。

「……は？」

「だから、俺の口紅だって。遅刻すると思って焦《あせ》ったから、落としきれてなかったんだな」

「……いや、なんか、ちょっと……意味わかんねぇんだけど」

——前にもこんな会話をした気がする。

もはや、なにが飛び出してもおかしくない。こうなった多真上は訳がわからない。また腹を殴られるか、『気絶しろ』とのたまうか。身構える三丈を眼下に、多真上は制服の上着のポケットを探った。

出てきたのは口紅だ。

「もらったんだ。テスター用の余ったやつだからって。ほかにもいろいろ」

「じゅ、順を追って話せ。もらったって、あの助けた女か？　なんでおまえに口紅なんかやるんだよ。つか、なんでおまえ使ってんの？」

突っ込みたいところが多すぎて、言葉も思考も追いつかない。

要領を得ない多真上の話はこうだった。

痴漢から助けた女は化粧ブランドのビューティアドバイザーで、礼になにかしたいと言うから『化粧の仕方を教えてくれ』と求めたところ、仕事の合間に教えてくれて化粧品まで無償でくれたのだと。

まとめても、まだわからない。

「だから、化粧したいってなんなんだよ!?」

「上手くなりゃ、今度は面接受かるかと思ってな」

「面接……って、もしかして『ラズベリー』のか？」

多真上は頭上でコクリと頷いた。

「前は百均の口紅塗《ぬ》っただけだったからな」

それが敗因だったと言わんばかりの不満そうな声。どうしてそうまでして面接に受かりたいのか。悔しいからでも、キャバ嬢になりたいからでもないだろう。

これ以上は聞かずともわかってしまった。

「俺も受かりゃ、一緒に働けんだろうが」

肯定するように、多真上は言う。

そうすれば三丈は辞める必要がなくなる。

何故なら、自分が嫉妬しなくてすむから——

「……いや、おまえは店にいたら余計にブチ切れそうな気がすんだけど。それ以前に、絶対受からねぇし」

「受からないって、なんでだ？　まぁ、あんま化粧は上手くならなかったんだが……それで、女の格好で来んのは止めた」

「って、来るつもりだったのか？」

当人はいたって真剣でも、猟奇としか言いようがない。妙な誤解を一発で解けると考えたらしいが、化粧のノリがいま一つだったため断念したと言う。

——なんでノらねぇか、ちっと考えろよ。

そんなものを披露《ひろう》されては沙沙涅の笑い者。嘲笑《ちょうしょう》の的だ。そう呆れたところで周囲の存在を思い出した。

急に滞《とどこお》った勝負に、見物人は遠巻きにしながらもざわついている。

「なんだ、なんか出して見せてるぞ?」

「木刀か?」

「あんな小せぇ木刀はねぇべ」

「じゃあ印籠《いんろう》か?」

「黄門《こうもん》様かよ」

意を決した見届け人の山田が、二人の元へ近づいてきた。

「どうした? どうなったんだ?」

多真上と共に立ち上がり、制服の汚れを払う三丈は、「あー」「うーん」と言葉を濁す。

「なんつーか、決着ついたみてぇだ」

「はっ? はぁっ⁉ 決着って、おまえら転がってゴチャゴチャ話してただけじゃねぇかっ!」

「まぁ……そうなんだけど。はい」

「ハイじゃねぇ! おめぇらな、こんだけ人集まってんのに、印籠でカタつけてすむと思ってんのか、ふざけんなっ!」

言われて、ぐるっと見回す。印籠とはなんのことやらさっぱりだが、状況の言わんとするところはわかった。

「それもそうだな」

軽く同意し、隣で臙脂のネクタイを直している男を見る。

多真上は目が合うと、コクリと一つ頷き返してきた。

「よし、じゃあギャラリーの皆さんのために、代わりの決闘でもやるか。ちょうどいい、おまえらも決着つけたいんだったよな？」

「……え？」

肩を抱かれた山田の顔が引《ひ》き攣《つ》る。

三丈はニヤリといつもの調子を取り戻して言った。

「やろうぜ、キョーダイ。俺も殴り足りなくて、どうもスッキリしねぇと思ってたところだ」


ささパラは平和なり。沙沙涅川は河川敷のいざこざなどどこ吹く風で、今日も一日穏やかに流れる。

とんだ巻き込まれ損のとばっちりになるところだった山田たちは、逃げ足だけは早くその場を去り、三丈と多真上もどさくさに紛《まぎ》れて河川敷を後にした。

後はただの祭りと化したか、テキ屋の頑張りに期待するしかない。とりあえず雲隠れしておくに限る。

「……で、なんでまたココだよ？」

三丈はドアを閉じてからはたと我に返った。

「知らねぇ。おまえがこっちに向かったんだろうが」

「違う。俺はテメエがこっちに歩くからついてきただけだ！」

責任を押しつけ合い、多真上の仏頂面《ぶっちょうづら》を仰ぐ。これはあれか、互いの歩みを勘違いして、思わぬ方向に進んでしまったってヤツか。どうにか不可抗力の理由を探すも、深層心理が導いた可能性は残る。

二人が辿り着いたのは、ラブホテルだ。ネオンも灯《とも》らないまだ日も高いうちだというのに、極自然に足並み揃えて来てしまった。

「えっと、まぁ……なんだ、ほとぼりが冷めるまで隠れるにはもってこいだしな」

三丈は言い訳のように口にした。

ぎこちなくもなる。二人だけだ。さっきまであんなに大勢の人間に囲まれ、注目を集めていたというのに、誰もいない。

改めて意識してみれば、河川敷では気にも留まらなかった服装にまで目が行った。

「そういや、なんで制服なんだよ？」

「え？　ああ……おまえが決闘なんて言い出すからだろ。女装がダメなら、やっぱケンカは制服かと思って。てか、おまえも着てんじゃねぇか」

自分とまるきり同じ思考だ。学校がなくとも、やっぱりいざとなったら制服が落ち着くし、この格好が一番自然に思えた。

なんだかムズムズする。むず痒《がゆ》さは嬉しい感じに高まって、三丈はいても立ってもいられずに目の前の腹にドスッと拳を突き出す。

「いてっ、なにしやがんだっ！」

「いや、なんか殴りたくなって」

「『なんか』で人を殴るのか、おまえは。くそっ、ちょうど痛《いて》ぇとこに入れやがって」

決闘でのパンチはろくに決まらなかったとはいえ、何発かはヒットしたし、地面を転がったりと大忙し。制服がヨレヨレなのはお互い様で、痣《あざ》もできた。

それでも顔が緩《ゆる》んでしまうから困る。

「多真上」

「なんだ?」

三丈は困り抜いた末に笑んだ。

「おまえバカだな」

「こんなとこきて、まだケンカしてぇのか?」

「いや、本当に改めてしみじみとバカだなって思ってさ」

「だから、ケンカ売んなって……」

眉根を寄せた男を見る。じいっと目を凝《こ》らせば男前にも見えてくるその顔は、やはりどう足《あ》掻《が》いても女装は似合いそうもない。

伸ばした両手で包んだ。手の内で男臭い顔はぴくりとなり、三丈はその真一文字に結ばれた唇に唇を重ね合わせる。

ちゅっと音を立てて離した。

不意打ちのキスに、黒い眸《ひとみ》が見開く。

「……びっくり顔だな、廉《れん》くん」

悪戯心《いたずらごころ》も加わり名前を呼んでみれば、包む頬はじわりと熱を持ったように感じられた。名前が弱点なんて、おかしな野郎だ。

けれど、ほかにも弱点というほどでなくとも弱みがあるのは知っている。河川敷の見物人の前ではとても攻撃できない場所だ。

「……ん」

キスをもう一度。今度はねっとりと強めに唇を吸い上げると、中から熱い舌が飛び出してきた。三丈の薄い唇を歯列《しれつ》ごと大きく抉《こ》じ開《あ》け、がっつく犬みたいに中へと厚ぼったいものを捻《ね》じ込《こ》んでくる。

——チョロイ野郎だ。

そして、自分も結構チョロイ。

きっとこいつから伝染したんだなんて責任転嫁しつつ、久しぶりの深いキスを受け止めた。

濡れた舌をからませ、互いに味わうような動きで擦《す》り合《あ》わせれば、これまでのことはもうどうでもよくなってくる。

やっぱり揃ってチョロイ。

「は……う……んんっ……」

口腔《こうこう》を舐め尽くしながら、多真上が覆《おお》い被《かぶ》さってくるせいで、自然と首も背筋も弓なりに反《そ》った。隙間なく唇が密着する。肺活量《はいかつりょう》も人一倍ありそうな男はよくとも、三丈は息も絶え絶えだ。

頭がぼんやりする。

苦しい。けど、気持ちいい。

遠ざけようと胸元に添えた手を取られ、グイと押しつけられた腰にビクリとなった。

「あ…っ……」

キスだけで制服の下のものが臨戦態勢だ。三丈の中心も兆《きざ》しているが、多真上のほうはそれどころではなく、比較にならないヤバさだった。

多真上は驚いた顔をしている。無意識の仕草だったのか。

深呼吸のような長い息をつく男を、三丈は仰いだ。

「……ガチガチじゃねぇかよ」

半分からかうつもりで言ったのに、言葉にしたら鼓動《こどう》がドキドキと早まった。顔が紅潮してしまったかもしれず、背を向けて「仕方ねぇなぁ」と殊更《ことさら》軽い調子で添える。

この部屋で目的地になる場所は一つしかない。しかし、中央のベッドへ歩みを進めるも、勇んでついてくるはずの気配がなかった。

「どうした、タマちゃん？」

「そっちは……まずい」

足をその場に貼りつかせた男は神妙な顔だ。

「なんで？」

「おまえが休みだって言ったんだろうが。エロいことすんなって。悪いが、布団で堪《こら》えるほどの忍耐力はねぇ」

自分だって、そんな忍耐は期待してない。

多真上が約束をきっちり覚えていたことにもびっくりだ。

「三丈、まさか忘れてたのか？」

「いや、一応覚えてるけど……」

「一応って、おまえが言い出したんだぞ。人の気も知らねぇで、こっちは毎晩三十キロ走ってたんだ」

「三十キロ!?　ってか、なんで？」

覚えていたのはわかったが、それが何故ランニングに繋がるのか。

「体力使っとかねぇと、おまえに会ったときどうなるかわからねぇし。正月も壁登ったぐらいじゃモヤモヤしてしょうがなかったしな」

元旦から物好きにもボルダリングを繰り返していたのが、本当にあり余るエネルギーの発散だったとはだ。しかも性欲。

あのとき妙にドキドキしてしまったのを思い出す。

そして、今も。

不覚だ。律儀《りちぎ》にも、それでベッドに近づこうとせずにいると知らされ、うっかりキュンときてしまった。

三丈は困惑顔のまま軽く頭を掻《か》く。

意を決して口にした。

「よし」

「……なんだ?」

「アホ、肝心《かんじん》のこと忘れたのかよ。言っただろうが。俺が『よし』って言うまでだって……えっ、わっ、わっ、ちょっ、待っ……!」

離れた男がグンと近づいてきたかと思えば、ベッドまで押しまくられ、背中からどさりと倒れ込む。

覆い被さる多真上は、オアズケから解放された犬のそれだ。ブンブンと振るしっぽこそないものの、吸い上げる唇と捻じ込んでくる舌で歓喜を表わす。

「ちょっ……んぁっ……」

柔らかい布団は心地いい。キスを受け止めるにはちょうどいい。

キスだけでなく、愛撫も。

服を脱がすのも、多真上はボタンを弾け飛ばさずに実行するのがやっとの有り様だった。そのくせ、露《あら》わにした肌に触れる無骨な指は丁寧な動きで、小さな乳首までそっと拾う。

「……ぁっ」

摘《つ》まんで扱《しご》かれると、ぐずつくような疼《うず》きが体に走った。やわやわと太い指の腹で揉《も》んで擦って、左右とも育て上げていく。

そういえば二度目のセックスからは、多真上は自分をその気にさせることに力を注《そそ》いでいるようだった。

三丈は思い出した。だから回数多すぎでも、しつこくても、最後には『しょうがねぇな』で受け入れたこと。

「……しょうがねぇなぁ」

乳首を唇で食《は》まれながら、三丈は今も呟く。

真っ白い綺麗な天井が見えた。それから黒くて硬そうな髪。

両手で掻き回すようにクシャクシャに髪を撫でて摑んで、「んっ」と甘く鼻を鳴らす。濡れた熱い舌で包まれた小さな粒《つぶ》は膨れて色を変え、制服のズボンの前が突っ張りすぎて苦しい。

——やばい、クる。

多真上の愛撫のねちっこさは、時間の感覚でも違うみたいだ。ちょっとでも感じる素振りを見せると、執拗《しつよう》に同じところを責めてくる。

毎日三十キロも飽きもせずに走るような男だから、セックスみたいな気持ちのいい行為は、それこそ延々と続けられるに違いない。

前戯《ぜんぎ》が気持ちいいのは自分ばかりな気もするけれど。

「たまじょ…っ……んっ……ふぁっ、あっ……」

唇は下へ下へと下り、口にすっぽりと性器を含まれれば、腰に深い震えが湧き起こる。

フェラをされるのは好きだ。よほど相手がヘタクソでもない限り、男はみんな同じだろうし、多真上だってそうだろう。

「……おれも……俺も、してやろうかっ？」

三丈は吐息を乱しながら言った。

股間に貪《むさぼ》りつく男の動きが止まる。

「多真…上っ、テメエもっ……脱げよ、して……やっからっ」

促《うなが》す言葉に、こちらを見上げてくる眼差しは熱い。触《ふ》れるものなら火傷《やけど》でもしそうなくらいだ。今までもして欲しそうな気配を感じたことはあるけれど、三丈はなんとなく避《さ》けて素知らぬ振りでやり過ごしていた。

身を起こす多真上は、普段以上に低くなった声で応《こた》える。

「……どうせなら一緒にやろう」

「え……？」

そのほうが効率的だとばかりに手足を取られて、服を脱いでベッドの上で互い違いの格好で寝そべる。

二人とも横向きで、正しく等分、五分と五分。極めて平等と言えるけれど、シックスナインなんて三丈はやったことがないし、めっぽう恥ずかしい。

「な、なぁ、マジでこの格好でやんの……っ？」

問いかけの返事はなく、代わりにぞろりとした感触が敏感なものを襲った。潤《うる》んだ先端に舌を這わされ、ヒクッと喉が鳴る。

——やるんだ。

スタートしたからには、出遅れるわけにはいかない。なにやら競走馬にでもなったような気分で、三丈も猛々《たけだけ》しく反り返ったものに手を添え、唇を押し当てた。

「……くそっ……デカすぎんだよ」

だから正直気乗りがしなかった。今だって体勢は同じでも、ナニの大きさが違いすぎる。どこもかしこも雄臭《おすくさ》い。

三丈も男だ。それなりに指は長く、手に収めきれないほどではないけれど、口はたぶん先っぽを咥えるのでやっとだ。

ちろちろと薄い舌を這わせ、感じそうな場所を探って亀頭《きとう》の括《くび》れをなぞった。やけに段差のキツいカリ首で、こんなものを体に出し入れされると思うと恐ろしい。同時に、相反するむず痒いような熱が体に湧き起こる。

知っているからだ。その行為がもたらす快感を。

「……んっ……は……」

舐め回すうちに、自然と口を開けていた。先っぽだけのはずが半分くらい頬張り、残った竿《さお》は回した指で根元から擦り立てる。

デカブツだからといって、ニブチンでもないらしく、三丈の愛撫に反応する性器はドクドクと脈打ちそうなほど張り詰め、先端からはカウパーが滲《にじ》む。

美味《うま》くはないけれど、我慢できないほどでもない。唾液《だえき》と混ざるそれを溢れないよう飲み下しながら、口をいっぱいにした三丈は、フーフーと鼻だけで息をして腰を揺すった。

感じるのは、三丈も同じだ。反り返った性器は、白い腿《もも》を抱くようにして引き寄せた男に根元まで飲まれ、先走りがしとどに溢れているのは頭を動かされる度に鳴る音でわかる。

じゅぼっとあられもない音がした。男は視覚の生き物なんて言うけれど、聴覚だって敏感だ。聞く度に体は火照《ほて》り、そこが溶けているかのような錯覚をもよおす。

「……ふ…ぅっ……んっ、んぅ……」

頬張ったものに口を塞《ふさ》がれながらも、三丈は腰をくねらせた。次第にカクカクとした動きになる。今にも射精しそうな腰つきだ。

「んっ、んっ……あぁ…っ……」

実際、もう達してしまうというところで、ずるっと性器を口から抜き出された。根元もグッと指で縛《いまし》められ、軽く悲鳴に似た声を上げる。

「ひ…ぁっ……なにっ、なに……してっ……」

「……まだ、イクな……もう少し、我慢しろ」

「この、遅漏《ちろう》やろ…っ……」

互いの顔は見えないままの罵《ののし》りは、続いた刺激に飲み込まされた。

腿を持ち上げられて強引に足を割られ、ぬるりとした感触があらぬところに走る。

「なっ……どこっ、舐めて…っ……」

躊躇《ためら》いもなく後ろへ這わされた舌に、三丈は狼狽《うろた》えた。

「そっ……そっちは、今はいいだろっ……後でっ……なぁ、あと……」

「……今してぇ」

「あとでっ……な、ローションで慣らせば……ぁっ、だから、やめ…っ、やぁ……やっ、あ……っ……」

くぐもる声での抗議など、確固たる意志の前では用を成さない。

「……俺がしてぇ……から、するんだ。俺のしたいようにやる」

「あっ……したいようにっ……てっ……」

「勝ったのは俺だからな」

「勝負なら、引き分け…っ……だろっ？」

「あんとき俺が助けなきゃ、おまえ……川に落ちてた」

多真上は応えるも、様子が変だ。淡々とした返事の合間に、ハアハアと獣じみた息遣いが入り混じる。

「……やっぱっ、助けた…っ、んじゃねぇか…よっ……」

反論に、もう返事はなかった。

「……ひ…ぁっ」

三丈のデリケートな心などお構いなしに、舌がつぷりと入ってきた。いいから力を抜けとでも言うように、愛撫はその手前のものにも及ぶ。

凝《こご》った袋を揉《も》まれ、声は力をなくした。握力だって半端《はんぱ》ない男の手に弱いところを委《ゆだ》ねるのは、相手が多真上だろうと恐ろしい。急に大人しくなり、上げ始めた細い声をどうとったのか、多真上は思う様にそこを舐《な》め解《と》き始めた。

深い口づけを受ける唇のように開かされる入口。ねっとりと粘膜《ねんまく》を押し広げ、熱く淫《みだ》らに動き回る舌に溶かされる。

クチュクチュと濡れた音が響き出す頃には、綻《ほころ》んだ穴は指さえもすんなり受け入れるほどだった。

「や、たま、じょ…っ……そこ…っ……」

今度は長い指で中を弄《いじ》くられる。嫌だと否定してしまう場所ほど、感じるスポットだ。

当たったのが偶然でないのは、迷いのない指の動きでわかった。ズレてもすぐに一点へ戻ってくる。執拗に嬲《なぶ》る指に、三丈は横たわった身をくねらせ、切れ切れの声で感じているのを知らしめた。

「あっ……あっ、そこっ、やっ、やめっ……ぁっ、ふ…ぁっ……だめ、ダメ、だっ……てっ、ひ……んんっ」

ゴリゴリと指の腹で擦り立てられ、啜《すす》り喘《あえ》ぐ。激しく身を侵食《しんしょく》し翻弄《ほんろう》する快感から逃れられないとわかると、懇願《こんがん》もした。

「……じょっ、たまじょ……もっ……もっとそこ、なっ、優しく…っ……」

「……こうか？」

「んっ、んっ……あっ、いい……きもちい……」

「イイのか？　もう一本……挿《い》れるぞ」

「あん…っ……あっ、ふ…ぁっ……」

自分はネジでも飛んでしまったのか。元々大して多くはなかったネジではあるけれど、体も頭もおかしい。変になる。

こんな格好で尻を弄られるなんて、嫌だと思うのに声が出る。

快感を認めてしまえば、後は崩れていく一方だ。繕《つくろ》いはボロボロに崩れて、男の為《な》すがままに体はトロトロに溶かされてしまう。

「んん…ぅ……あっ……あっ……」

深くしゃぶった指を味わうみたいに、中がうねるのは自分でもわかった。

「美味《うま》そうに咥えてる。赤ん坊がおしゃぶりしてるみてぇだな」

「ばっ……バカっ……ぁっ、あ……」

「もうそっちはしまいなのか？」

問われて、手も唇も三丈のほうはすっかり休業状態に陥《おちい》っているのに気がついた。

負けじと奉仕を再開する。ちゅっちゅっと音を立て、さっきより張りのキツくなった気のする昂《たか》ぶりへ口づけるも、息が乱れて集中できない。

射精がしたくて堪《たま》らない。口を大きく開けて多真上を迎え入れながら、イカせて欲しいと訴えるように何度も腰が前後に動いた。自身の根元を縛める指が緩《ゆる》む度《たび》、ぶわりと快感が溢れてイキそうになる。

——あ、イク、も、イクっ！

「ふっ、あ…ぁっ……」

絶頂感が一気に駆け抜け、三丈は先に達した。尻を振って一層深く後ろに男の指を咥え込み、舌を這わせて頬張ったものをきゅうっと口内で締めつける。

頭が真っ白になりそうなほどの愉悦《ゆえつ》。閉じた目蓋《まぶた》の裏がチカチカする。シーツを吐精で濡らした感覚はなかった。

数秒でも意識が飛んだらしく、気づいたら記憶が寸断されていて、仰向《あおむ》けになっていた。息が苦しい。口がだるい。しゃぶったままのものを抜いてくれるのかと思えば、あろうことか奥へと突き進んでくる。

五分五分《ごぶごぶ》の体勢だったはずが、多真上は上に乗っかり腰を動かし始めた。

「……んんっ」

三丈はもう解放してくれと叫ぶも、声なき心の声では届くはずもない。布団に後頭部を預けた頭も左右に振ったが、まだ達していない男は興奮状態だ。早く短い息は完全に上がっており、重い体と手足でがっちりと三丈を押さえ込んでくる。

じわりと喉奥へ降りる凶器に、眦《まなじり》に浮いた涙が零れた。生理的な涙だ。ひどく大きな熱の塊《かたまり》は、奥まで到達すると、今度は温かく湿った三丈の口腔を味わうように上下に動き始める。

抜き出しては、また入れる。繰り返し、繰り返し。

「ん…ふっ……ふ……っ……」

熱くて苦しい。息ができない。

蹂躙《じゅうりん》されながらも、達したばかりの性器がまた勃起《ぼっき》してくる。

視線を感じた。ホテルの部屋は、昼間の小屋よりもよっぽど明るい。眼前に晒《さら》した後ろがヒクつきながら指を飲んだ様も、再び張った性器も、見られていると思うと堪らなかった。我を忘れた男は、尻に穿《うが》った二本の指まで抜き差ししてくる。

「……は…っ……あ……」

意識は飛びそうに霞《かす》み、涙だか溢れた唾液《だえき》だか判らないものが耳の傍《そば》を伝った。

無意識に重い体を両手で押し戻そうとしたが、ダメだった。河川敷では互角にやり合っていたのに、ベッドでは分《ぶ》が悪い。力が籠もらないし、許してしまう。結局、なにもかも。

ドクッと咥えたものが大きく脈打つ感じがして、三丈は喉を痙攣《けいれん》させた。

熱く迸《ほとばし》ったものが喉奥をびしゃりと打つ。

「んん…っ……」

あのやたら量の多い精液だ。最初のほうは不意打ちで飲んでしまったけれど、止めどない勢いで続き、口の中は雄臭くどろりとしたものでいっぱいになった。

「……はぁっ……はぁっ」

一際大きな息を多真上はついた。満足げな吐息を何度も零し、ずるっと穿ったものを抜き出す。ようやく上も下も解放され、放心しかけた三丈は、肘《ひじ》をついてだるい上半身を起こすと、目の合った男に向けて手をひらめかせた。

無言になったのは口の中のもののせいだし、手で示したのは、ベッドの頭のほうにあるティッシュボックスだ。

なのに、多真上ときたら、なにを思ったか唇を重ね合わせてきた。

「んっ……」

信じられない。たった今放った自身の精液でいっぱいにもかかわらず、構わずに舌まで捻じ込んでくる。促すように唇を封じ込まれ、三丈はゴクリと喉を鳴らした。

不味《まず》くて、やや粘り気まであるものが喉《のど》を通る。無理矢理飲まされ、嫌に決まっているのにゾクゾクして、内臓まで犯されたような気分になった。

「……飲んだのか？」

大きな汗ばんだ手のひらを三丈の白い喉《のど》に当て、情欲に濡れた目をした多真上は問う。否定したらそのまま締められそうな予感さえ覚え、涙と涎《よだれ》で顔を濡らした三丈は従順になって頷いた。

「全部か？」

「……ん」

「そうか」

やけに熱い息の男は、熱でもあるみたいだ。

「……た…まじょ…っ……」

怠《だる》い口を動かし久しぶりの言葉を発すれば、また唇が重なる。互いの唾液と精液となんだかよくわからないもので湿った唇を押し合わせ、柔らかいその弾力と、口腔の粘膜の具合を確かめてくる。

「……俺のもんだ」

キスの合間に多真上が言った。

「これは、俺のだ」

モノ扱いされている感じも、なきにしもあらずだったけれど、必死な具合に嫌な気はしなかった。

「……れん……廉」

こんなときでもさして色を変えない男の顔が、やっぱり名前を呼ぶと火照《ほて》りに赤らむ。唇が掠《かす》め合《あ》う。見つめ合い、シンクロしたように一緒になって荒い息をつく。

「……暁良《あきら》」

「なぁ、廉…っ……あっ……」

唇を捲《めく》るキスをしながら、手のひらが股間で勃《た》ち上《あ》がったものを探る。軽く擦られただけで、ビリビリと電流でも走らせているみたいな快感が走った。

「ふ…ぁっ……」

射精で過敏になった鈴口《すずくち》の割れ目や、括れを指が弄り始めると、再び先走りが溢れ出す。早くも二度目へ向け浮かんだ露《つゆ》は、つっと透明な糸を引き、性器は擡《もた》げた頭をいやらしく振った。

「やっ……そこっ、また……もう、やめ…ろ…って……」

「……好きだろ、ココ」

「ひ…っ、あっ、あ…ぁっ……もっ、いじん…なよ…ぉ…っ、しつこ…いっ……」

「おまえはすぐとろとろになるな。女みてぇだ」

「女に……チンコ、ついてねぇしっ……」

詳しいところは知らないが、カウパーが性行為を滑《なめ》らかに執《と》り行うためのものだとしたら、女と同等に濡れたってべつにいいだろう。

問題は多真上とのセックスでは、本来の用途と違うところへ使われることだけれど。

「……こっちに塗れば、似たようなもんだ」

指に掬《すく》い取《と》った滑《ぬめ》りを、多真上はもっと奥の狭間《はざま》になすりつけてくる。

「ふぅ…んっ……」

ぬるっと二本の指を押し込まれると、それだけで軽くイッたような震えが走った。体が揺れる。いきなり二本でも抵抗なく入るほど、そこは綻《ほころ》んだままだ。

ずるずると腰を引き寄せられ、また布団に体を預けた。中で指を回したり開いたりと動かされる間、三丈はシーツから浮かせた尻を揺らして鼻で啼くような声を上げる。

「んっ、あっ、あ…っ……」

「エロいな、おまえはホント…っ……」

指が抜かれた。多真上は両足を畳《たた》んで抱え込み、頭上から見下ろす。

「……挿れるぞ」

ぞくんと震えの走る低い囁き。ヒクヒクと期待に収縮する入口に昂《たか》ぶりの先が押し当てられ、身を分けるように三丈の中へと沈み入ってくる。

「……ぁっ……んっ、ん…っ、待っ……」

久しぶりで少しキツいのも、感覚を鋭敏にさせる要因でしかなかった。あの感じるスポットを太い先端で押し開かれると、それだけで中がうねってきゅんと窄《すぼ》まる。

「あ……あっ、ふ……ぁあっ……」

舐めずる動きで、多真上の形を感じ取った。やけに張りと段差のあるカリ首でそこを擦られているのを想像すれば、余計に快感が膨れて止まらなくなる。

三丈は顎《あご》を高く上げ、頭を振った。身を仰け反らせ、妄想から逃れようと足掻《あが》くも適《かな》わない。だらしなく開いた唇からは、とうに意味をなさない声しか出ておらず、感じまくっているのを示すだけだ。

さぞかしマヌケな面《つら》で喘いでいるだろう。僅《わず》かに残る理性で自分を揶揄《やゆ》しつつ潤んだ目で仰げば、多真上の顔が映った。

「……はっ……はぁっ」

規則正しくも、激しい息遣い。ハアハアと獣みたいに息をして、ギシギシと腰を打ちつけてくる。律動に揺らされ、鳴いているのはベッドだ。

「……きら……はぁっ……暁良っ」

三丈は目を奪われた。

——すげ、気持ちよさそうに腰振ってやがる。つか……ホントに気持ちいいんだろうな。あんなデカいチンポ、ケツの穴できゅうきゅうされて擦ったら、そりゃもう昇天しそうなほどイイに決まっている。

って、なんで俺がコイツが気持ちいいの想像して、嬉しくなってんだ。

「……ビンビンだな、そんなにいいのか?」

自分が言うはずのセリフを、多真上が言った。

「はっ、鼻息荒くしてっ、よがってんのはそっち、だろっ」

「なに言ってんだ、おまえのほうこそっ、さっきから泣きっ放しだぞっ」

涙のことを言っているのか、嬌声《きょうせい》についてかわからない。

どちらも、まとめてなのか。

「まだ、余裕あんならっ……もっと、いいな?」

「もっと、って……あぁ…っ……や、やめ…っ……そこ、そんな、突いたら…っ……」

奥を突かれて、声が上擦《うわず》った。トントンからドンドンと、激しくノックするように深いところで突き動かされる。

声はまた、『ふぁっ、ふぁっ』と意味をなさないものへと変わり、三丈の全身はヒクついた。ひどく凶暴ないやらしい眼差しが注がれるも、淫《みだ》らなケモノに堕《お》ちたのは自分も同じだ。

「あっ……イイ、あっ、あっ……いい……いい、キモチいっ……もぉっ、もっ……」

繋がれた尻の奥から、ぶるぶると震えが走った。腹が熱くて、気持ちよくて、触れられていない性器まで快感が上ってくる。

「……もう……いくっ、なぁ……イクっ、出…るっ……」

それ以外のことはもう考えられなかった。

ギシギシとベッドを鳴らして腰を動かす男に顔を寄せられ、口づけられる。

汗ばんだ額《ひたい》へ、頬へ。それから濡れた唇にも。もう全部奪っているのに、手にしているのに、どうしていいかわからないとでもいうようにキスの雨を降らせる男は、最後に思い出したように言った。

「暁良……好きだ」

いつもズレているくせして、こんなときだけ補正を効かせる。的確な言葉を放つ。三丈は告白に身を震わし、『ああ、もう』となって広い背にぎゅっと腕を回した。

突いてくるのは言葉ばかりではない。二度目を促すように一際《ひときわ》深く抉《えぐ》られ、多真上の熱を自分の中に感じた。

「……廉っ、す……っ……」

好きと返したのか、覚えていない。

ほぼ同時に熱い飛沫《ひまつ》を吐き出し、二人は今度こそ揃って高みを迎えた。

ゆらゆらと丸い光が揺れる。

ふと思い出した。

あの晩も、こんな月が出ていた。

唇を緩めて綻ばせると、水泡《すいほう》が自分から逃げるように水面へと上っていく。

三丈は湯の中にいた。ラブホテルの広い浴槽にザブンと身を沈めれば、天井に灯《とも》った明かりが揺れて、夜空の丸い月を連想させた。

あれは満月の夜だった。まだ中学生で、ささパラに住み出して間もなくの頃だ。

多真上と河川敷で出くわし、後を追いかけられた。半袖Tシャツにジャージ姿の同級生は、遊歩道を走っていたみたいだった。

ランニングなんてキツイだけなのに、何故するのかわからない。必要もないキツイことをやりたがる奴は、きっと毎日が平和でお気楽で、しんどいことなんてなにもないからそうするのだと思っていた。

三丈にはそんな余裕はない。好き好んで強くなりたいと思ったこともない。

だから余計に嫌いだった。

まだ、多真上とは親しくなる前のことだ。

「ついてくんなよっ！」

橋の下の一人きりの小さな家への帰り道。そう言って三丈が何度も追い払うと、つきまとう多真上は生意気にも反論した。

「月がこっちに来るから歩いてるだけだ」

「バカ言え、月は俺についてきてんだよ」

月だけじゃない。星はみんな空から自分の後を追いかけてくる。日が沈むとどこからともなく現われて夜空に浮かび、『子供は一人で歩くんじゃないよ』とでもいうように。

いつも一人の夜だから、当然自分だけにくっついてきたけれど、二人になってもやっぱり月は後ろにいた。ただの天体のくせして八方美人だ。調子がいい。

おかげで二人は小学生のように言い争い、小競《こぜ》り合《あ》った末に河川敷の土手の茂みに転がる羽目になった。

夏が終わったばかりの深い茂みの中で、膝立ちで身を起こすと夜空の月が二つになっていた。対岸の道路の明かりを挟んで分裂した月は、水面に映る月だった。川の流れに揺れて滲《にじ》む光を指差し、多真上は『じゃあ、俺はこっちでいい』と言った。

まるでフライパンの目玉焼きのちょっと崩れたほうを選ぶみたいに。

あのときは少しびっくりしたけれど、今ならどう思うだろう。

今なら——多真上らしいと思うだろうか。

「なにやってんだ?」

開くドアの音と共に響いた声に、三丈は湯の中の体を起こした。濡れた髪から勢いよく、湯が流れ落ちる。

「潜水《せんすい》ごっこ。またの名を、溺死体《できしたい》ごっことも言う。ガキんときよくやらなかったか?」

「やらねぇよ。泳いだりはしてたけど」

「は? 泳ぐって、家の風呂で?」

多真上はうとうとしていたからベッドに残してきたのだけれど、寝ぼけているわけではないだろう。

あの要塞《ようさい》みたいな家を思い浮かべれば、不思議でもない気がして、追及しないでおく。

服も着ずに眠っていた男は、当然裸のままだ。中心に下がったものを堂々隠す素振りもないのは、セックスで距離が縮《ちぢ》まったからでなく昔っからで、「よっ」と湯船に入ってくる。

「おまえは時々よくわからんことするな」

「もっとよくわからねぇ奴に言われたくない……」

浴槽に浸《つ》かった多真上は、三丈が顔に貼りつくままに放置した髪を代わりに撫でつけてきた。長い指で梳《す》いて整える。いつもはこんなことする男じゃない。指がやけに優しい動きな気がして、心が騒いだ。ざわざわではなく、そよ風にちょっとだけ葉っぱの先が揺らされるみたいに。

嫌な気はしない。ただ、ふとこんななんでもないことに、多真上は本当はすべてを知っているのではないかと思わされる。

家に帰らない理由も、帰れないことも、自分がそれをどう思っているかすらも。自分でさえわからない自分のすべてを、多真上だけは知っているんじゃないかなんて。

答えはない。自分は一生問いかけたりはしないだろうから。わからないのは、ないのと同じだ。

ただ時々、考えてみる。

誰かといても、一人でいても、他人の頭の中のことについて考える。

最近は多真上ばっかりで。一人でいるのは楽だけれど、たまにこうやって誰かのことを考えるのも悪くないと思えるようになった。

そのほうが大丈夫な気がした。自分は大丈夫。

「……ま、たまにじゃなくなってるから困るんだけどな」

三丈は思い出して呟き、湯に顔を半分沈める。唇から放った泡は、逃げるほどの距離もなく、ブクブクと目の前で鳴った。

「なんの話だ？　もしかして、バイトのことか？」

「違《ち》げぇよ」

即座に否定したのに、隣に並んで浸かる男は決意を籠《こ》めたように言った。

「よし、俺もバイト探すか」

「なんで？」

「ホテル代、金かかんだろ。やっぱ広いほうがエロいことしやすいし、おまえも腰が痛くなくてすむだろうが」

「まぁ、ベッドは楽だけど……ホント、おまえは頭ん中ヤることばっかになってねぇか？」

「悪いか。おまえ見てると、なんか時々堪《たま》んなくなる。この辺がな、ドクドクするっていうか」

そう言って、風呂の中で多真上が自《みず》ら押さえたのは左胸の辺りだ。予想外で、その仕草一つに三丈のほうがドキンとなってしまった。

「お、おまえがドクドクさせてんのは、下半身だろ。ムラッとしてるだけじゃねぇか？」

「やっぱそうか？」

「そうだろ」

「じゃあ、そうだ」

「おう」

なんとなくまとまってホッとした。

本能しかないと難癖《なんくせ》つけつつも、実際に多真上にそれ以外を提示されると、どうしていいかわからなくなる難儀な関係だ。

もうしばらくはこのままでいい。胸をドクドクさせたついでにロマンティックなデートなんて実行されたら、こっちの心臓が持たない。恥ずかしくて死ねる。

「ぶはっ……！」

ぎゃっとなった三丈は、思考を散らすように湯をバシャリと波立たせ、お約束のように隣の男が顔面に浴びた。

「三丈、おまっ……毎回毎回、子供か、おまえは！」

「風呂で泳いでた奴に言われたくねぇ」

高校生だって、実のところ大人ではない。小中学生よりはだいぶ成長したというだけの、不安定なお年頃だ。

三丈は仕返しの大波を警戒しつつ言った。

「バイトはいいけど、『ラズベリー』は諦めろよ？　ほかの店もだ。テメエの面《つら》で、キャバ嬢になれると思うほうがずうずうしい」

「おまえがなれんだから、俺にも可能性はあるだろ」

「どう化粧しても、おまえはおまえなんだよ。女に見えねぇっての、自覚しろ」

そもそも、『化粧を教えろ』なんて言われて、ビューティーアドバイザーだとかいう女はどう思ったのか。

三丈はふと思い当たって問う。

「そういや、おまえなんでヘラヘラ笑ってたんだ?」

「あ?」

「喫茶店で女といたろ。あんときだ」

「ああ……化粧が短期間で上手くなったって褒《ほ》められてな。素質あるってよ」

——世辞《せじ》か、励《はげ》ましか!

女装趣味の男と勘違いされたならまだいい。これは真面目に性転換を望んでいる男子高校生と受け取られ、親身になってあれこれ尽くしてもらったのではないか。

いずれにせよ、多真上は誤解されようと気にも留めない男だ。

今もズレた思考を発揮して、なにやら感嘆したように言う。

「三丈……そうか、おまえも俺の気持ちがわかったか」

「気持ちって?」

「言ったろ、女の格好したって俺にはおまえにしか見えないって。おまえもそうなんだろ?」

得意げな多真上は珍しく目を輝かせる。バスルームの照明の具合か、キラキラと黒い眸《ひとみ》を光らせている男に、三丈はどうしたものかと思った。

「う〜ん、どうだろ……」

絶対に意味が違うが、ここは突っ込まないで夢くらい見させてやるべきか。

よく見れば、体も痣《あざ》だらけにもかかわらず上機嫌だ。背中のひっかき傷はベッドで今しがた作ったものだが、ほかは河川敷でこさえたものだ。

三丈の体にもいくつかはあるのに、自然と笑いが零《こぼ》れた。

ちょっとだけ甘えるような素振りで、隣の広い肩に顎を乗っけつつ言った。

「なぁ、それよりケンカ、結構楽しかったな」

あとがき

AFTERWORD

—砂原糖子—


皆さま、こんにちは。はじめましての方がいらっしゃいましたら、はじめまして。

久しぶりの文庫になってしまいました……と書こうとして、前回の文庫の後書きを確認したところ、同じことを書いておりました。毎回、お久しぶりです！　砂原です。

今回はヤンキーな二人を書かせていただきました。本人たちはそう自称も自認もしておりませんが、日々ケンカしてばかりの軽く荒くれな二人です。

そして前回の文庫で（無関係の作品です）壁に穴の空《あ》いたアパートが登場し、ボロ……いえ、年季の入った暮らしも究極に辿《たど》り着《つ》いたつもりが、ついに受が家なし生活に。

一応家はあるんですけども、リバーサイドこと橋のたもとの不法占拠暮らしです。萌えはありましたでしょうか。少々心配です。

攻が大雑把《おおざっぱ》というのも私の密《ひそ》かな萌えでして、多真上《たまじょう》は存分に雑な行動をしてくれて楽しかったです。本篇で受に対してとんでもない行動を取っていますが、後にも先にもそんな攻はいません。いや、先はもしかすると再び萌えが溢れて書かないとも限りませんが！

三丈《みたけ》は『とんでもない行動』に烈火のごとく怒り、哀しんでもいますが、これが他の作品の攻だと怒るよりもはや心配されそうです。なにか悪いものでも憑《つ》いたかと、お祓《はら》いされたり病院に連れていかれかねず。そう考えると、『タマジョーだしな』で大抵のことは納得される多真上はすごいなぁと思ったり。ちなみに三丈は気分次第で多真上の呼び方を変えていますが、片手で足りないほどパターンがありました。自由すぎてお似合いの二人です。

続篇はなんとなく決闘をしている二人のイメージが降りてきて、そういうことになりました。『なんとなく受と攻が決闘』って、どういう話なんだと思わなくもないですけども。多真上に負けず劣らず三丈は強くてガサツで、でもナイーブな一面もあるセブンティーンです。

そんな振り幅のある三丈と、変わり者ながら愛情はたぶん真っ直ぐな多真上を、雨隠《あまがくれ》ギド先生が描いてくださいました。BLなのでラブシーンに期待すべきなのに、ついケンカシーンも楽しみにしてしまう私。雨隠先生のイキイキとした、それでいて独特の情緒感のある絵で二人を描いてもらえると知り、雑誌に掲載していただいたときからドキドキしつつ興奮しまくりでした！

文庫の作業では、続篇のラフに添えてくださった三丈と多真上のカットが可愛くてニヤけまくりです。読んでくださった方にも、『ぜひこの頬の緩《ゆる》みを分けたい！』ということで、許可をいただいたので発売一週間後くらいに私のツイッター（touko_sunahara）に画像を上げる予定です。ツイッターはアカウントをお持ちでない方もアクセスできます。

雨隠先生、素晴らしいイラストの数々をありがとうございました！

この話にはいくつかの書きたい続きもあります。強い無法者が現れてささパラを追われる三丈とか、実家に戻って大人しい坊ちゃん（上面《うわつら》だけ）生活を送る三丈とか、堪えきれなくなって多真上の要塞《ようさい》ハウスに転がり込む三丈とか……書き出してみたら、『いくつか』じゃなくて『もうそれ一つでは!?』なことになっていたので、いつかどこかで形にできたらと思います。夢の広がるリバーサイド生活です。

この本に関わってくださった皆さま、本当にありがとうございます。

お手に取ってくださった皆さま、楽しんでいただけると嬉しいです。文庫ものんびりペースで、「読んでくれる人いるのかな」と毎度不安とヘタレの狭間《はざま》（どっちもマイナス）で書いています。忘れずに覚えてくださっていた方も、偶然手にしてくださった方も、ありがとうございます！

そういえば、私は河川敷《かせんじき》に縁のない生活を送っているので、この話のような場所には行ったことがないのに気がつきました。電車から眺めたり、テレビなどで見かける河川敷は、とても開放的で気持ちのいい空間のイメージがあります。

この本を出していただく頃にはちょうど春なので行ってみたいです。

みなさまにとっても気持ちのいい季節になりますように。

そしてまた、どこかでお会いできると嬉しいです！

2016年2月

砂原糖子。

この本を読んでのご意見、ご感想などをお寄せください。
砂原糖子先生・雨隠ギド先生へのはげましのおたよりもお待ちしております。

〒113-0024　東京都文京区西片2-19-18　新書館
[編集部へのご意見・ご感想] ディアプラス編集部「リバーサイドベイビーズ」係
[先生方へのおたより] ディアプラス編集部気付　○○先生

- 初出 -
リバーサイドベイビーズ：小説DEAR+ 2015年フユ号（Vol.56）
リバーサイドベイビーズは情緒不安定：書き下ろし

[リバーサイドベイビーズ]
リバーサイドベイビーズ
著者：砂原糖子　すなはら・とうこ

初版発行：2016年3月25日

発行所：株式会社 新書館
[編集] 〒113-0024
東京都文京区西片2-19-18　電話（03）3811-2631
[営業] 〒174-0043
東京都板橋区坂下1-22-14　電話（03）5970-3840
[URL] http://www.shinshokan.co.jp/

印刷・製本：株式会社光邦

ISBN978-4-403-52398-4